늘 건강하세요!

▲▼ 항공기에서 인시(寅時)에 본 **지구**가 **태양**을 **출산**하는 **거장**의 **장면**

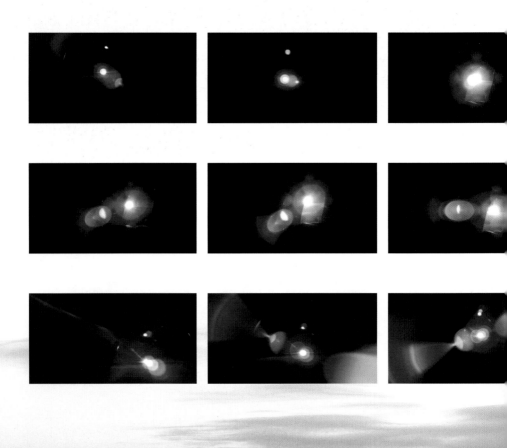

▲ 가가호호로 출발하여 단체가 된 행복한 크루즈 승선 12가족 34명

▲ 10일간 전세한 크루즈

人生은 詩

"나" 태어나 살아있음을 알리며

존재하고 있는 생존의 행복을

그리는 일기

심금을 울리는

사랑은 정심을 담아

삶의 인생을

노래한 글

인생은 시

양재웅

시집을 내면서

제목 : 人生은 詩

님 사랑 전서 : 가장 행복했던 님과 생애의 삶을 엮은,
　　　　　　　　사랑이 넘치는 마음의 향연

함께 살아가는 세월이 길면 길수록
더 소중하고 깊은 정으로 살아지는게
아내의 자리인 것을 모르고 살다가
그의 삶이 사랑이었음을 알았네

님에게 보내는 전서를 시집으로 엮는다
사랑님 살아온 삶이 진정한 참사랑이었다
남편을 위해, 자식을 위해, 가정을 위해,
희생하며 때로는 가슴 두드리며
고진감래해왔던 삶이
진정한 참사랑 그것이었다.

프로필

- 경기 화성 출신
- 본명 : 양재우(웅)
- 활인 경혈도 부문 박사
- 산사 9년 수행
- 측만증, 목, 허리, 협착증 교정전문 50년 활인원 원장 (현)
- 도인 철학원 원장 (현)
- 경혈연구학회 편마비 근력 재활 원장 (현)
- 주봉 풍수지리학회장 (현)
- 정통무예 정도술 국제교류연합 총재 (현)
- 정도술 입문 50년 수련중 (현)
- 인산가 회원(쑥뜸요법)
- 시산 문학작가회 회원

저서

- 성공으로의 초대
- 경혈 편마비 재활 교본
- 대도의 정통무예 정도술, 〈최초 저자〉
- 〈제1시집〉 인생은 시(人生은 詩)
  (행복한 여행 크루즈 기행문과 함께)

목차

크루즈 여행 기행문

인생은 시 _ 사랑 편

인생은 시 _ 크루즈 여행 편

인생은 시 _ 그리움 편

인생은 시 _ 기다림 편

인생은 시 _ 감정 편

인생은 시 _ 아쉬움 편

인생은 시 _ 기타 편

추천의 글

나용준

시인 / 영문학박사

"인생은 시"

파산 면책까지 겪고, 비닐 한 겹으로 지붕을 삼고, 비바람을 피하며 나무뿌리 풀뿌리로 생계를 대신하며 살아야 했던 나의 이야기……!!!!

양재웅 시인께서, 이번에 오랫동안 준비해 오신 크루즈 여행기와 시집을 완성하고 "인생은 시"라는 책을 출간을 하게 되었습니다. 너무나 기쁜 일입니다.

출간을 진심으로 축하드립니다!

"인생은 시"이고 시가 인생이라는 진리를 몸으로 역설하신 양재웅 시인님, 평소에 과묵하시지만 내적인 열정이 가득한 실천하는 시인, 양재웅 원장님은, 시인 일뿐만 아니라, 구도자이며 철학자입니다.

사색과 깊은 성찰, 뛰어난 삶의 통찰력으로 지혜로운 삶을 살아오신 만인의 모범이 되는 분입니다.

지금은 측만증 교정 원장으로써, 참 의료계에서 많은 분들의 고통을 덜어주시면서 원하는 일을 하시고, 안정되고 만족스럽게 잘 살고 계시지만, 과거에는 매우 힘든 삶의 여정이 있었습니다.

　양재웅 시인을 10여 년 전에 처음 뵈었을 때, 늘 힘없고, 풀이 죽어있고, 왠지 자신감이 없는 외로운 모습이었습니다. 시간이 흐르면서 얘기를 듣고 보니, 그럴 만한 이유가 있었습니다.

　사업을 하시면서, 부도덕한 사람들에게 속아서, 어려움에 처하게 되었고, 결국 파산하고 빚더미에 주저앉게 된 적이 있었습니다. 그 후에 몇 년 동안을 방황하면서 자살을 결심한 적도 한두 번이 아니었습니다.

　그래도 버텨봐야겠다는 일념으로, 깊은 산속에 들어가 9년 동안 고행과 수행을 하면서, 그 어려움을 극복하기 위해 자기와의 기나긴 싸움을 하면서 피나는 노력을 하였습니다.

　9년이라는 긴 시간 동안, 외부와의 접촉을 일체 끊고, 산에서 홀로 지내며 겪었던 가난과 허기와 외로움과 고독함, 비참함…… 그 고통은 말로 다 형언할 수 없었을 것입니다.

　그러나 이제는 모든 피눈물 나는 고통을 힘겹게 이겨내고, 이렇게 당당하게 우뚝 섰습니다.

　주변을 돌아보며, 어려운 이웃들을 도와주고, 글과 시를 쓰면서 행복한 시간을 보내고 있습니다.

　이번에 크루즈 여행을 다녀오신 소감을 여행기로 썼습니다. 여행을 하면서 느꼈던 여러 가지 단상들이 세세하게 잘 나타나 있고, 자연경관을 보는 것뿐만 아니라, 다양한 삶의 모습을 엿볼 수 있는 알찬 내용의 글들로 가득 차 있습니다. 특히 삶의 모든 역경을 극복하고 두 분이 함께 즐기는 여행이라, 더욱 특별한 의미가 있었을 것입니다.

모든 독자들에게도 특별한 감명을 주기에 충분합니다.

그리고 시에서는 아름다운 자연묘사, 사소한 것들의 아름다운 자연과 인간과의 깊은 관계를 뛰어난 시적영감으로 잘 표현해 주셨습니다.

또한 아내에 대한 깊은 존경심과 감사하는 마음이 그득합니다. 너무나 아름다운 모습입니다. 시인이 방황하는 동안, 곁에서 그 많은 가슴앓이를 생각하면 가슴이 먹먹해 집니다.

양재웅 시인의 "인생은 시"는 한사람의 인생경험이 아닌, 내용과 모양은 다르지만, 아마도 우리 모두의 삶이고 시이고 조각이며, 인생의 한 단면이라고 생각합니다. 단순한 한 시인의 글이라기보다, 삶의 핵심을 관통한, 깨달음에 이른 진정한 철학자의 모습을 엿볼 수 있는 뛰어난 작품입니다.

모쪼록 많은 분들이 양재웅시인의 글과 시를 읽고, 감명을 받고, 어려움을 극복하고, 시적인 영감을 얻어, 삶의 지혜와 용기를 얻을 수 있기를 기대하며, 이 귀한 책의 일독을 적극 권합니다.

서문

"인생은 시"

(크루즈 기행문과 함께)

"크루즈 여행기와 인생은 시"를 출간하면서…

지금까지 살아오면서 수많은 어려움과 역경을 겪음은 인생을 살아가는데 누구나 많은 사연들을 갖고 있을 것입니다.

이와 같이 힘든 어려움을 혼자만의 일인 양 비관을 하기도 하고 긍정적인 생각을 하며 시련을 극복하여 성공자가 된 사람도 있을 것입니다.

여러가지로 희비가 엇갈리는 마음으로 뒤늦은 후회를 남기기보다 힘든 현실을 즐기며 성공을 한 분들이 더 많은 것 같아, 주옥같은 말들을 글로 표현하고자 여행의 꽃이라고 부르는 "크루즈 여행 기행문"과 **"인생은 시"** 시집을 출간하게 되었습니다.

부족함의 과오를 선후배 재현님들은 과책마시고 많은 지도 편달을 바랍니다.

이 세상에는 인생의 푯대도 없이 마구잡이로 달려가서 인생의 밭고랑처럼 구불구불 임시적인 것을 목표로 하여 시간과 정력을

다 소모하되 얻는 것이 별로 없는 후회스런 인생을 사는 사람이
너무도 많은 것 같아 인생의 푯대를 바라보며, 살았던 그때를 생
각하며 이 글을 씁니다

〈인류 역사에 이름을 남긴 명사들과 현인의 성인들은 흔들리지
않는 인생의 바른 푯대를 향해 달려간 분들입니다.〉

人生은 詩

크루즈 여행 기행문

여행의 꽃 크루즈

　드디어 로망이었던 최상의 여행을 만져보고 맛볼 수 있는 꿈 꿔 왔던 실현이 눈앞에 와있어 얼마나 좋은지 모른다. 누구나 할 수 있는 여행이라 대수롭지 않을지 몰라도 내게는 너무나 기다리던 꿈이었다. 이탈리아, 프랑스, 스페인을 간다는 것 때문이 아니다. 11일의 항해 크루즈 여행, 상상만 해도 가슴이 설레는 것이다. 호화판 18만 톤급, 길이 300m가 넘는 아파트 한 동이 통째로 움직이는 선상 위에 내가 설 수 있다는 것만으로도 설레는 일이 아닐 수 없다. 왜냐하면 30대에 성공자 프로그램 Challenge to Success 우리 모두는 성공한다는 강연에 초대되어 성공을 위한 장기적 계획 속에 크루즈 여행이 있었는데 젊은 시절에 꿈을 앞당기기 위해 지름길 인생을 살아보려고 사업을 하다 그만 일조파산(日朝破散)의 위기를 맞고 하루아침에 모든 재산, 집도 가족도 잃어 산천을 떠돌다 마음을 추스르고 새 삶을 찾아 전전긍긍할 때 크루즈는 아주 멀리 가버린 꿈인 줄만 알았다. 진정한 성공을 위해 24시간을 쪼개 25시간을 만들어 살아야 했고 그 아픔을 과거로 만들어야 했기에 성공을 하기 위해 성공 프로그램에서 배운 대로 재도전을 해야만 했다.

#자!! 이제부터 나를 바꾸자는 신념으로 시작한다! 성공의 완성

은 약속을 지키는 일이다.

나와의 약속을 지키는 일부터 실천한다.

첫째 : 내일 무엇을 하겠다고 계획을 했다면 어떠한 일이 있어
　　　도 실천하는 것이다.

둘째 : 실천하는 일이다 실천을 했는지 안 했는지를 확인하는
　　　것이다.

셋째 : 확인하는 일이다.

넷째 : 조치를 하는 일이다. 안 했다면 왜, 그리고 내일은 그 안
　　　한 일부터 시작하는 것이다. 이렇게 철저하게 나를 다스
　　　리며 1일 4싸이클을 확인하며 나와의 약속을 지켜가며
　　　성공을 위한 생활에 전념을 했다.

나의 각오 성공의 길
　1. 한 번 밖에 없는 나의 인생이다.
　　　내 자신이 하지 않으면
　2. 도대체 누가 대신해 줄 것인가?
　　　그것도 지금하지 않으면
　3. 도대체 언제 할 것인가?
　　　여기서 하지 않으면
　4. 도대체 어디서 할 것인가?

신념과 행복
　1. 꿈이 없는 사람은 신념(信念)도 없다.

2. 신념이 없는 사람은 목적(目的)도 없다.

3. 목적이 없는 사람은 계획(計劃)도 없다.

4. 계획이 없는 사람은 행동(行動)이 없다.

5. 행동이 없는 사람은 노력(努力)이 없다.

6. 노력이 없는 사람은 성공(成功)이 없다.

7. 성공이 없는 사람은 행복(幸福)이 없다.

8. 행복이 없는 사람은 사람이 아니다.

자 !! 그러면 나는?

이와 같은 내용들을 자신과의 다짐을 반복하며 노력을 아끼지 않았다.

** 행동철학 **

하나 : 어제보다 나은 오늘을!!

하나 : 어제의 실수는 어제로!!

하나 : 폭우와 태풍뒤에는 무지개가!!

하나 : 성공도 실패도 자기하기 나름!!

하나 : 실패의 변명보다 성공의 웅변을!!

하나 : 나의 인생은 내가 만든다!!

하나 : 나는 성공 할 때까지 계속 노력 한다!!

이렇게 흔들리지 않는 인생의 푯대를 세우고 노력을 한 결과 세 편의 책 출판에 이어 네 번째 책을 출판 합니다.

첫째 : 성공으로의 초대

둘째 : 경혈 편마비 재활 교본

셋째 : 대도의 정통무예 정도술

넷째 : 크루즈 기행문과 시집 – 제목 : 인생은 시(人生은 詩)

시집이라기보다 아내를 사랑하는 마음 글을 통해 과거 고생시킨 미안함과 고마움을 전하고 싶은 마음의 향연(享讌)의 글입니다.

이번 크루즈 유럽 여행에서 얻고 느낀 것이 있다면 절약 정신이었다. 첫째가 남을 의식하지 않는 국민의 자긍심 자동차는 소형차가 주종을 이루고, 주택은 작은 평수 물 절약은 필수 이와 같은 검소하고 절약 정신에 감명을 받았다. 잊혀 가는 과거 어릴 적 절미운동을 하며 살던 시절을 생각하며 과소비 문화는 근절해야겠다고 다짐또 다짐을 했다.

여행 중에 몇 분의 여행 동기가 궁금했었다. 그중에 몇몇 분들과 담소를 나누니 입장이 같아 동감이 가는 가정이 있었는데……

한 가정은 삶을 포기 직전까지 갔던 궁핍함의 애환을 겪음에도 그 심한 어려움을 이겨내 주고 가정을 지켜준 아내에게 너무 고마워 그 보답을 위해 여행을 왔다는 부부. 또 한 가정은 아내가 죽음 직전까지 몇 년간에 사경을 헤매다 남편의 지극정성으로 살아나 생을 찾아 그 고마움으로 크루즈를 탄 가정. 다양한 이유로 여행을 온 부부가 있는가 하면 모두 행복해 보이지는 않았다. 어려움을 극복하고 이제 허리 펼만 해서 가정의 행복을 나누기 위해 오신 부부들의 이야기를 들으며 살아온 필자 또한 과거를 눈물겹게 겪은 점에서 어려웠던 사연의 동질감에 눈시울이 붉어진다, 파산 면책까지 겪고 비닐 한 겹으로 지붕을 삼고 비, 바람을 피하며 나무뿌리, 풀뿌리로 생계를 대신하며 살아야 했던 나의 이야기와 다르지 않았다. 어렵고 힘들었던 과거를 크루즈 여행을 통해 보상 받고 그 힘들고 어려웠던 지난날을 이제 대수 대해 망망대해에 던져버리고 새로운 행복의 바다에서 사랑의 향연을 노래하는 부부가 되어 크루즈를 하선하여 가슴에서 출렁대는 행복만이 존재하는 꽃보다 아름다운 여행을 하신 34분의 가정은 실패의 변명보다 성공과 행복의 웅변을 하며 살아갈 것을 기약하며 크루즈 여행을 마감하는 안녕의 손을 흔든다.

▲ 10일간 서부유럽 순항한 토스카나 호

▲ 가가호호로 출발하여 단체가 된 행복한 크루즈 승선 12가족 34명

토스카나 호 제원 안내

코스타 토스카나호(costa toscana)는 세계 최대의 크루즈 선박 그룹인 카니발 코퍼레이션의 자회사인 코스타 크루즈(costa cruise)에서 운행 중인 총 톤수 183,900톤 규모의 초대형 선박이다.

선박건조	2021년	선실수	2,663개
첫 출항	2022년	선실수용인원	4(최대)
최대승객수	5,322 명	데크(DECK)	20층
승무원수	1,678 명	승객데크	19층
최고속도	21.5노트	수영장	4개
전장	337m	레스토랑	15개
전폭	42m	바/라운지	17개
전압	120/230 볼트	정찬시팅	5개

토스카나 호 객실 안내

크루즈 내의 선실은 크게 인사이드 선실(내측선실)과 오션뷰 선실(외측선실)로 나뉘며 오션뷰 선실의 경우 발코니의 유무에 따라 일반 오션뷰 선실과 발코니 선실로 나뉜다.

선실은 기본적으로 2인 1실이며 선실에 따라 최대 4인까지 이용이 가능 했었다. 각 선실의 온도는 선실 벽면에 설치된 온도조절장치로 원하는 온도로 조절할 수 있었으며 욕실 타올은 사용 후 바로바로 선실 청소 정리를 하면서 교환하여 불편이 없었다. 전압은 110V/220V 모두 사용 가능했다.

선실의 종류는 3가지로 나뉘는데

1. 발코니 선실 : 바다를 조망할 수 있는 개폐식 발코니
2. 오션뷰 선실 : 바다를 조망할 수 있는 밀폐식 창문
3. 인사이드 선실 : 외부를 조망할 수 없는 작은 방이었습니다.

3번 선실를 대하는 순간 너무 작아서 실망도 했지만 거대한 배에 많은 객실을 만들어야 하는 조건을 고려 해 본다면 이해가 가는 부분이었습니다. 거대한 규모의 건축양식과 인테리어를 살펴본 나머지 놀라지 않을 수가 없었습니다.

세탁서비스

세탁서비스는 유료였으며 크루즈 기간 중에 특정일에 세탁 할인서비스를 하는 날을 이용하면 저렴하게 받을 수 있지만 이용은 못 해 보았다.

각종 레저 스포츠 시설

탁구, 조깅, 헬스, 에어로빅, 볼링 등 다양한 레저활동을 할수 있다.

라운지

피아노, 간이무대 등 시설을 갖춘 라운지에서는 빙고 게임, 기항지 관광 설명회, 댄스레슨 등 다양한 프로그램이 진행 되고 있었다.

식당

식사는 정찬식당과 뷔페식당에서 원하는 대로 지정된 시간에

자유롭게 이용 할 수 있었으며 대부분 식사는 횟수에 관계없이 무료로 제공되나, 와인 등 주류는 유료였다.

대극장

대극장에서는 매일 저녁 세계적인 수준의 다양한 공연이 있고 우리는 크루즈 여행 중 대극장공연 관람에 참여하여 즐길 수 있었는데 18만 톤급의 크루즈가 들썩거릴 만큼 뛰는 디스코텍 고고장은 관광버스를 방불케 하는 춤으로 유럽인들과 어울려 춤을 추고 있는 사이 '뷰티풀', '원더풀'하며 손가락을 추켜세우는 관광 나이트가 따로 없었다. 한복을 입어서인지 인기는 한류 열풍을 크루즈에서도 이여지고 지금도 생각하면 어깨가 들썩인다.

장애인시설

대부분의 크루즈에는 장애인을 위한 각종 편의시설도 준비되어 있었으며 어린이나 노약자를 위한 시설을 고려한 시설을 볼 수 있었다.

전압

크루즈에서도 한국에서 쓰던 가전제품 220V의 제품을 사용할 수 있었다.

기타 부대시설

카지노, 면세점, 바, 디스코텍, 영화상영관, 사우나, 인터넷, 카페, 마사지실, 이발소, 미용실, 음악 감상실, 미술관, 전자게임방, 어린이놀이방, 비즈니스 회의장, 도서관, 세탁소, 쇼핑아케이드, 포토샵 등 다양한 시설을 갖추고 있었으며 유럽인들은 크루즈가 일상생활의 문화공간처럼 보였다.

COSTA TOSCANA 스파/수영장/피트니스 시설안내

스파, 사우나, 마사지(종합 휴식시설)(예약후 이용) Deck16층

미장원(컷, 염색 등)(예약후 이용) Deck16층

피트니스 센터(각종운동기구)(선상신문 안내) Deck16층

종합 물놀이 시설(워터 슬라이드)(선상신문 안내) Deck17층

실내 수영장(선상신문 안내) Deck17층

야외 수영장(선상신문 안내) Deck18층

안내데스크

호텔의 프론트 데스크와 똑같은 역할을 하는 곳으로 시설 안내, 환전, 우편, 귀중품 보관, 고객의 불편사항 접수 및 처리 등 제반 업무를 담당하는 곳으로 선내에서 사용하신 비용의 확인 및 분실물 찾을 때에도 안내 데스크를 이용하지만 별도의 비용이 발생 된다.

룸 서비스

선실 내에서 식사와 음료수를 주문하는 것이 가능 했으며 비용이 발생 한다. 세탁, 방정리, 청소 기타 고객의 요구에 대응하여 24시간 서비스를 대기 하고 있었다.

메디컬센터

 승객의 건강관리를 위해 의사 및 간호사가 함께 동승 완벽한 응급시설은 물론 긴급 상황이 발생하더라도 헬기를 요청 할 수 있는 시스템이 갖추어져 있지만 메디컬센터를 이용 시 비용이 발생한다.

객실

 화장실, 세면대, 샤워실, 전화, 헤어드라이어, 안전금고, 위성 TV 등이 있다.

 안전금고는 오션뷰 선실과 인사이드 객실에서는 볼 수가 없었다.

 선내에 비치된 세탁봉투에 옷을 담아 두면 즉시 가져가 세탁을 하거나 버리는 경우가 있으니 비품을 객실 밖으로 내놓는 일이 없어야 한다.

 선상카드로 선상 내에서 신용카드와 같이 사용되며 기항지에서 신분증으로 사용되는 만큼 분실하지 않아야 하고 크루즈 선사에는 분실에 대한 아무런 책임을 지지 않으므로 각자 물품 보관에 유의해야 한다. 선상카드 재발급 시 비용이 발생한다.

풀장(수영장)

 풀장, 자쿠지(버블탕)가 있는 풀 사이드에서는 휴식을 하면서 일광욕을 즐길 수 있도록 타올이 준비되어 있었고 실외수영장, 실내수영장 시설도 갖추고 있었는데 실외수영장은 해수욕장을 방불케 하였다.

크루즈 운항 노선

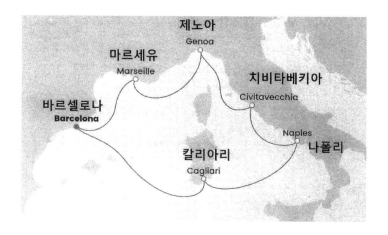

인천—바로셀로나(스페인)—전일해상—칼리아리(이탈리아)—나폴리/폼페이(이탈리아)—치비타베키아(이탈리아)—로마(이탈리아)—마르세유(프랑스)—바르셀로나/몬세랏(스페인)—인천

\# 지중해의 5월 평균 기온은 12-20도 정도로 여행하기 좋은 날씨라 했는데 변덕스런 날씨였음 햇빛이 강렬하다 하여 선크림 선글라스를 챙겼지만 오락 가락하는 비로 인해 우산이 더 필수였음.

\# 로마(이탈리아) : 최저 8도C ~ 최고 18도C
\# 마르세이유(프랑스) : 최저 3도C ~ 최고 17도C
\# 바로셀로나(스페인) : 최저 7도C ~ 최고 17도C

여행 국가 기본 정보 안내

1. 이탈리아 기본 정보

(1) **수도** : 로마

(2) **언어** : 이탈리아어

(3) **면적** : 301, 345 ㎢ (세계 72위)

(4) **인구** : 약 61, 261, 254 명(세계 23위)

(5) **GDP** : 2조 2457억S (세계 8위)

(6) **기후** : 온화한 지중해성 기후

(7) **종교** : 가톨릭의 총본산 바티칸을 안고 있는 이탈리아에서는 국민의 90% 이상이 가톨릭 교도이고 그 중 1/3 정도가 규칙적으로 예배에 참석 한다.

(8) **지리** : 이탈리아는 반도국으로 지중해 중앙부에 위치한다. 북서에서 남동까지의 길이가 약 1, 200km에 이른다.

(9) **역사**

이탈리아 이전, 로마인에 의한 역사는 이탈리아반도의 통일 시기인 기원전 270년부터 이다. 고대 로마제국은 대제국을 형성하면서 번영을 누렸으나, 395년 동서로 분열되었으며, 게르만족의 대이동과 더불어 급격히 국력이 약해진 서로마제국은 476년 게르만족 용병대장 오도아케르에 의해 멸망하였다. 그 뒤 중세시대에 들어서 교황시대에는 동방무역으로 여러 도시(베네치아, 제노바, 피사 등)가 번영했으나 '신대륙의 발견' 이후 16세기부터는 주위의 여러 세력에 의해 반도가 분열되었으며, 경제적으로도 침체되었다. 그 후 19세기 초엽에 분열되었던 도시국가들이 사르디니아 왕국에 병합되면서 통일운동이 일어났으며 1860년 이탈리아 왕국이 성립되었고, 1871년 수도를 로마로 옮기게 되었다. 이탈리아 왕국은 체제상으로는 입헌국주제였으며, 1913년 보통선거가 실시되었다. 제1차 세계대전 후 사회주의 세력이 나타나면서 이에 대항하는 세력이 등장, 1929년 무솔리니에 의한 파시스트 독재 정권이 성립되었다.

이탈리아의 정부의 형태는 내각책임제이다.

(10) 평균기온 및 강수량 (9월 로마)

평균기온 : 최저 14도C~최고 27도C

강수량 : 평균 76.2mm

(11) 전압 : 220V, 50HZ

(12) 입국정보

비자 : 관광여행인 경우 3개월 무비자 체류가능(사증면제협정)

출입국심사 : Schengen 조약 당사국(벨기에, 독일, 오스트리아, 스페인, 프랑스, 이탈리아, 룩셈부르크, 네덜란드, 포루투갈)을 여행하는 경우에는 출입국심사 없이 출입국(입국카드 없이 입국심

사인만 날인).

출입국시 여권소지 필수(항공사 신원확인 시 필요) 출입국카드, 세관신고서를 작성하지 않는다.

(13) 시차

한국보다 7시간(썸머타임 그 외 기간은 8시간 느림)

썸머타임 : 3월 마지막 일요일부터 10월 마지막 일요일까지

(14) 여행 시 알아두면 유익한 정보

때때로 범죄자들이 술에 약을 타는 경우도 있으므로, 낯선 사람이 권하는 음식이나 알콜은 정중히 거절하는 것이 좋다. 그리고 소지품관리(쓰리, 갈취)에 신경을 쓰느라 배낭을 앞으로 메고 다녀 어린아이를 안고 다니는 모습 때문에 기념사진은 앞으로 멘 가방이 눈길을 끕니다.

밤에 여행하실 때는 더욱 각별히 주의하는 것이 좋다. 가능하면 항상 그룹으로 다니는 것이 좋으며 불이 밝혀진 곳이나, 사람이 많이 다니는 길을 선택하여 다니는 것이 좋다.

수돗물은 바로 마시는 것보다 생수를 이용하거나, 정수된 물 또는 끓인 물을 먹는 것이 좋다. 야채와 생과일은 항상 껍질을 벗겨서 먹도록 한다.

관광객들이 염두 해 두어야 할 것은 도심과 많은 관광객이 몰리는 관광 명소에서의 소소한 범죄들이 공공 기차나 버스에서 소매치기들이 활동하고 있으며, 혼잡한 거리에서 지갑을 낚아채는 범

죄들이 종종 발생하고 있다.

호화로운 몸치장에 많은 지폐를 가진 여행은 불필요한 신경을 써야 하니 검소한 복장에 약간의 환전과 전 세계 통용되는 카드면 된다.

2. 프랑스 기본 정보

(1) **수도** : 파리

(2) **언어** : 프랑스어

(3) **면적** : 643,801㎢ (세계43위)

(4) **인구** : 약 66,000,000명 (세계21위)

(5) **GDP** : 2조 8083억불 (세계5위)

(6) **기후** : 대륙성, 지중해성 기후

(7) **종교** : 가톨릭(83-88%), 이슬람교(5-10%), 개신교(2%), 유교(1%), 기타(4%)

(8) **평균기온 및 강수량(9월 마르세이유)**

평균기온 : 최저 16도 ~ 최고 25도

강수량 : 평균 63.5mm

(9) **지리**

프랑스는 러시아, 우크라이나에 이어 유럽 국가 중 세 번째로 면적이 넓은 나라다.

유럽대륙의 서부, 지중해와 대서양 사이에 위치하며, 총 면적은 55만 1,208㎢다

(10) 역사

AD 4세기 게르만족의 대이동 이후 프랑크족이 이 지역을 차지하고 프랑크 왕국을 세운 것으로 시작으로, 카톨링거와 샤를마뉴 대제 시대에 들어가 크게 번영했으나, 베르덩 조약(843년)으로 동 프랑크(독일), 중 프랑크(이탈리아), 서 프랑크(프랑스)로 분리되었다. 서 프랑크의 영역이 현대 프랑스 선조라고 할 수 있다.

그 이후, 중세 봉건사회시대에 십자군 전쟁과 백년전쟁, 종교전쟁 등을 거치면서 중앙집권이 기의 확립되었고, 절대 왕정은 17세기 루이 14세의 통치기간에 그 정점에 달했다. 왕정은 1789년 프랑스 대혁명에 의해 무너졌고 이후에 나폴레옹이 등장하여, 국민의식과 인권사상을 각국에 보급했다.

세계 1~2차 대전을 거치면서 프랑스 제4공화국의 성립되었다.

(11) 전압 : 220V, 50HZ

(12) 입국정보

비자 : 관광여행인 경우 3개월 무비자 체류가능(사증명제협정)

출국심사 : schengen 조약 당사국(벨기에, 독일, 오스트리아, 스페인, 프랑스. 이탈리아, 룩셈부르크, 네널란드, 포루투갈)을 여행하는 경우에는 출입국심사 없이 출국

** 입국카드 없이 입국심사인만 날인 **

출입국시 여권소지 필수 (항공사 신원확인 시 필요)

(13) 시차

한국이 프랑스보다 8시간 빠르다. 여름에는 서머타임 제도가
적용되어 7시간 차이가 난다.

썸머타임 : 3월 마지막 일요일부터 10월 마지막 일요일까지

(14) 여행 시 알아두면 유익한 정보

프랑스는 국내 치안이 안정되어 있으며 전쟁, 내란테러와 같은
사건이 자주 발생하는 편은 아니다 그러나 2015년 이후 파리, 니
스 등 여러 곳에서 IS 테러가 발생하여 프랑스 정부는 대테러 경
보단계를 공격단계(최상급)로 계속 유지하고 있다.

프랑스인들은 자국 문화에 대한 자부심이 확고하다. 특히 언어
에 대한 자부심이 강하기 때문에, 영어로 의사소통할 수 없는 경
우가 있다. 일반적으로 파리의 관광지, 호텔, 식당 등에서는 영어
가 통용되지만, 지방이나 교외 지역에서는 영어 사용에 어려움이
많은 편이다.

3. 스페인 기본 정보

(1) 수도 : 마드리드

스페인의 수도이자 제일 큰 도시이다. 마드리드 자치 지역은 유럽 연합에서 세 번째로 큰 대도시로, 스페인 정부와 국왕이 주재하며 정지, 경세, 문화 중심이다.

세계적인 축구 구단 레알 마드리드와 아틀레티코 마드리드가 있다.

GDP 규모가 유럽연합에서 세 번째로 큰 남유럽의 경제 중심이다. 현대적인 도시이면서도 옛 건축물과 거리가 잘 보존돼 있었다.

(2) **언어** : 가스티야어(표준 스페인어)

(3) **면적** : 505,370㎢ (세계52위)

(4) **인구** : 약 47,737,914명 (세계28위)

(5) **GDP** : 1조 4,005억S (세계14위)

(6) **기후** : 지중해성 기후

(7) **종교** : 스페인의 주된 종교인 로마가톨릭교회는 유럽 국가 중에서도 비교적 보수적인 편이다. 철저한 신봉자가 많고 사회, 문화적으로 상당한 영향력을 미친다.

(8) **평균 기온 및 강수량 (9월 바로셀로나)**

평균기온 : 최저 17°C ~ 최고 26°C

강수량 : 평균 68mm

(9) **지리**

유럽대륙의 서쪽 끝인 이베리아 반도에 위치

(10) **역사**

스페인에는 기원전 1000년경에 켈트족, 2세기 후에는 페니키아와 그리스인이 이주하여 정착하였다. 15세기에 들어와 독립국가를 이룬 스페인은16세기 초부터 17세기 초 사이에는 세계를 제패하고 해가지지 않는 대제국을 건설하였으나, 19세기에 들어 나폴레옹 1세기의 침입과 중남미 식민제국의 독립으로 그 몰락은 결정적이 되었다.

나폴레옹 치하에서 저항운동을 통해 민족국가로서의 의식이 싹텄다. 그러나 국민동맹당이 제2당으로 부사함에 따라 스페인 정국은 좌, 우 양분현상을 가져 왔다

1955년 유엔에 가입하였고, 이후 유럽, 아랍, 중남미 제국과의 우호관계 강화와 지중해 및 대서양상의 평화유지를 위하여 힘쓰고 있으며, 유럽연합 및 북대서양조약기구 회원국이다.

(11) 전압 : 220V, 50HZ

(12) 입국정보

비자 : 관광여행인 경우 3개월 무비자 체류가능(사증면제협정)

출입국심사 : Schengen조약 당사국(벨기에, 독일, 오스트리아, 스페인, 프랑스, 이탈리아, 룩셈부르크, 네덜란드, 포루트갈)을 여행하는 경우에는 출입국 심사 없음.

입국카드 없이 입국심사인만 날인

출입국시 여권소지 필수(항공사 신원확인시 필요)

(13) 시차

한국이 스페인보다 8시간 빠르다. 여름에는 서머타임 제도가 적용되어 7시간 차이가 난다.

썸머타임 : 3월 마지막 일요일~10월 마지막 일요일까지

(14) 여행 시 알아두면 유익한 정보

스페인은 치안이 안정적인 편이다.

그러나 바로셀로나의 몬주의 공원 주변, 마드리드 왕국 주변, 그라나다의 알바이신 지역, 기타 인적이 드문 도로와 공원, 버스 터미널 등은 강도 피해가 자주 발생하는 곳이므로 신변 안전에 유의한다.

여행객을 상대로 소매치기 사건이 자주 발생하기 때문에 인파가 많은 공공장소에서는 소지품 관리에 각별히 신경 써야 한다는 말에 각별히 신경이 쓰였다. 마피아 조직이 있고 소매치기들의 수단은 상상을 초월하는 수준급으로 특히 탁자위에 휴대폰을 놓는 순간 그들 거라는 말은 치명적이었다.

기항지 관광 정보 안내

1. 이탈리아 기항지 관광

영광스러운 예술작품과 건축물로 마을 그 자체에서 경외감이 드는 바티칸 시국 광장

바티칸 시국은 110에이커 정도로 면적이 작지만 세계에서 가장 큰 가톨릭 교회인 성 베드로 대성당이 있으며 마을 곳곳에서 르네상스와 그 이전 고대시기의 예술 걸작들을 만날 수 있다. 바티칸의 인구수는 800명으로 로마 교황도 이곳에 거주한다.

작지만 볼거리가 가득한 도시였다.

오드리 헵번의 영화, 로마의 휴일로 유명한 트레비 분수

로마에 있는 분수 중 최고의 걸작이자 가장 인기 있는 분수, 트레비 분수는 세 갈래 길이 합류한다고 해서 붙여진 이름이다. 트레비분수에 가면 전 세계 동전을 모두 볼 수 있다. 분수를 뒤로 한 채 오른손에 동전을 들고 왼쪽 어깨로 1번 던지면 로마에 다시 올 수 있고, 2번 던지면 연인과의 소원을 이루고, 3번을 던지면 힘든 소원이 이루어진다는 속설 때문이다. 영화 〈로마의 휴일〉에서 오드리 헵번이 트레비 분수에 동전을 던지는 장면도 이곳을 한층 낭만적인 장소로 기억하게 해서 본인도 문득 어릴 적 추억이 생각나 우리 놀이 중에 사방치기, 땅따먹기가 생각나서 해 보았다. 어깨 뒤로 10원짜리, 100원짜리, 500원짜리를 번갈아 3번에 걸쳐 던져 보았다.

샤르데냐의 행정, 경제, 문화의 중심지 – 칼리아리

칼리아리는 이탈리아 서부 사르데냐섬에 있는 도시이다.

칼리아리의 사르데냐어 이름은 "Casteddu"로 문자 그대로 성 "Castle"을 의미한다.

이탈리아의 네 번째 항구로 지중해에서 가장 큰 컨테이너 터미널을 가지고 있다. 염전으로 둘러싸인 주요 소금 산지이며 부근에서 생산출 되는 아연, 납, 대리석 등 광산물을 수출한다. 제 2차

포에니 전쟁 때 카르타고와 대항하는 로마의 해군기지였다. 로마, 비잔틴, 선사 시대 관광지와 유물을 둘러보며 도시의 풍부한 역사와 유서 깊은 카스텔로 지구의 아름다움으로 관광객들을 유혹한다.

▲ 코끼리타워

▲ 두오모 대성당

남이탈리아의 중심 – 나폴리

이탈리아 통일 전까지 천년 가까이 북이탈리아와는 판이한 역사를 이어온 남이탈리아의 정치적 중심지였다. 지금도 지중해에 닿아 있는 항구도시로 영어로는 네이플스라고 한다. 나폴리는 경제규모에서 이탈리아 제 3위이자, 남부최대의 도시이다.

주요 산업은 관광, 식품, 자동차, 해운 산업이다

세계 중 가장 아름다운 3대 미항 평화로운 도시 고요를 갈망하는 크고 바쁜 도시를 보니 국대 도시마다 8경을 떠올렸지만 3대 미항은 하늘에서 본 아름다운 도시라 하니 더 궁금해졌다.

유네스코에 지정된 멸망한 도시 화산 폭팔로 20분만에 사라진 폼페이

폼페이는 79년 8월 24일 베수비우스 화산 폭발로 한순간에 역사 속에서 사라졌던 고대 도시로 멸망한 도시들 가운데 손꼽히는 도시이다. 1997년 유네스코 세계유산으로 지정되었으며, 18세기부터 현재까지 발굴조사가 계속되고 있는 유적이다,

과거의 유적에 대한 고고학 발굴조사로 확인된 유물들은 당시

의 쓰임새와 의미를 찾기 어려운 경우가 많지만, 폼페이 유적의 경우는 생활 모습 그대로 남아있기 때문에 작은 유물 하나라도 출토된 곳에 대한 정보를 담고 있어 그 가치가 높았다.

가이드의 설명을 들으며 가슴 뭉클한 내용이 있었다. 2000년 전 목욕탕 침실은 작은 규모였고 배수구관은 납관으로 되어 있었으며 그 당시에도 납중독에 의한 사망자가 있었다고 한다. 폼페이 도시를 처음 만든 사람은 로마가 아니고 그리스 사람이라고 한다. 건축은 붉은 벽돌로 되어 있었는데 화산에도 견고성을 유지한 것은 시멘트와 화산재를 섞어서 만들면 벽돌이 강하고 수명이 오래간다고 하였다. 2000년 전 건축물의 견고성과 생활공간 등 폼페이 유물과 문화재를 보며 배움과 지혜를 얻었다. 폼페이는 계획화 된 도시로 설계되었으며 상공에서 보면 물고기 모양이다.

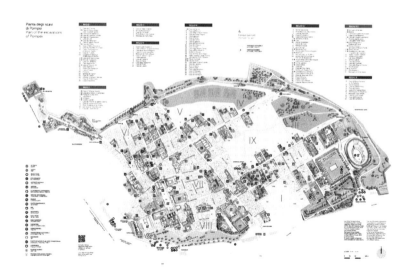

이탈리아의 탐험가! 크리스토퍼 콜롬버스의 출생지 – 제노바

크리스토퍼 콜롬버스의 출생지로 유명하다. 기원전 200년에 로마인들이 정착하여, 로마해군의 본부가 되었다. 8세기 중반에는 중요한 해군 도시가 되었고, 13세기에는 지중해의 지배권을 확립하였다. 베네치아의 전투에서 패하였고, 1800년에는 나폴레옹 1세에 의하여 프랑스에 합방되었고, 1815년에는 사르데냐 왕국에 병합되었다. 아메리카 대륙의 발견자 C.콜럼버스, 음악가 N.파가니니, 이탈리아 통일운동 때의 공화주의자 G.마치니 등의 출신지로서 알려져 있다.

16세기에 건축된 시청사(콜럼버스의 편지와 파가니니의 바이올린이 보존되어 있음), 12세기의 성(聖) 로렌초 성당, 흰 궁전(16세기), 붉은 궁전(17세기) 등을 비롯한 많은 옛 건조물과 대학, 미술대학교, 카를로페리체 극장, 곡물거래소 등이 있다.

예술과 음식, 역사유적이 풍부한 제노바는 2004년 유럽 문화도시로 선정 되었으며, 2006년 16-17세기 제노바 공화국의 유적인 르스트라다누오바와 팔라치데이롤리가 유네스코 세계문화유산으로 등재됐다.

이탈리아 기항지 관광 – 콜로세움 광장

　인상 깊었던 로마 관광 중에 콜로세움 광장이었다.

　콜로세움 광장을 보는 순간 7080시대에 무술의 우상으로 불리던 이소룡을 떠올렸다. 많은 영화를 통해 무술인들의 주목을 받던 그의 동작과 자세 특유의 기술을 모르는 사람은 거의 없을 것이다. 맹룡과강 극중에서 이소룡과 척 노리스의 최후의 대결장소가 된 곳이기도 하다. 그 당시 실제 촬영 당시에는 콜로세움 내부에서의 촬영허가가 내려오지 않아서 콜로세움 내부 사진을 찍고 세트를 만들어 촬영을 했다고 한다. 웅장한 콜로세움 광장을 보는 순간 무술인으로서 한번 와보고 싶었던 곳 앞에 서있다는 현실이 실감이 나질 않았다.

　7080시대에는 본인도 "정도술" 무술 관장을 하며 이소룡 영화를 놓치지 않고 보곤 했었다.

　"정도술"이란 무술은 국방, 치안을 위해 특별경호무술로 국내에 보급하고 TV MBC 드라마에 안방극장 채널을 독차지한 큰 인기를 얻었던 무술이다. 무술관장을 전념 할 당시를 생각하며 이 콜로세움 광장을 보는 순간 감회가 새로웠으며 몸이 움찔 움찔했다. 그리고 한국의 "정통무술 정도술"은 한국 최초 무술영화의 초석을 다진 무술이다(저서 : 대도의 정통무예 정도술, 정도술 천부경 참고).

로마에서 생긴 일과 지혜

　6일째 되던 날 그리웠던 한식으로 점심 식사를 굶주린 늑대처럼 맛나게 많이 먹은 관계로 배탈이 나고 설사가 시작되는데 관광버스는 고속도로를 이동 중이니 세울 수 없다 하고 크루즈 승선은 5, 6분 남았다 하는데 배속의 오장육부는 제 기능을 다하듯 사정없이 밀어 내니 참느라!! 으흐 이젠 움직이면 사고!! 얼굴이 노래지는데 동행의 손님이 눈치 빠르게 비닐봉지를 내주며 버스 뒷좌석이 비었으니……

　급박한 사태를 모면하는 길은 실례를 무릅쓰고 배출 할 수밖에 없었다. 가스 냄새가 진동을 했음에도 무덤덤한 표정들로 뒤돌아보며 무안을 주는 분들이 없었다.

　이 글을 통해 한 번 더 죄송했음을 사과드린다.

　이와 같은 급박한 사태를 수습하기 위해서는 비닐봉지라도 예비로 준비해야 한다는 말씀과 어르신 기저귀를 준비 해야 한다고 여행경험 많으신 분의 조언과 지혜를 얻었으며, 역시 경험이 스승임을 한 번 더 실감케 하는 날이었다.

2. 프랑스 기항지 관광

2013년 유럽의 문화 수도 지정 도시 – 마르세이유

　마르세이유는 2600년의 역사와 함께 파리 다음으로 프랑스에서 오래된 도시이다. 마르세이유는 2013년 유럽 문화 수도로 지정되었다. 연중 내내 다양한 프로그램을 선보일 예정이다. 아티스트 퍼포먼스, 거리 아트, 전시회, 연극, 문화행사, 지중해 요리 등 다양하다. 역사가 살아 숨 쉬는 파니에 지구, 제2제정 건축물, 로마네스크 양식의 교회 등 오늘날의 마르세이유는 특유의 활발함으로 경제가 성장하고 있다.

마르세이유의 대표적 노트르담 드 가르드 성당

고대부터 지중해 무역 중심지 역할을 해왔던 프랑스 남동부의 유서 깊은 항구도시 마르세유에 있는 대성당이다. 신 비잔틴 양식의 영향을 강하게 받은 건축물로 프랑스 다른 지역에서는 보기 드문 독특하고 이색적인 외관을 가지고 있다. 대성당은 바닥높이에 따라 크게 상단과 하단 두 부분으로 나뉘어져 있는데 하단 교회에는 성벽 일부와 지하 묘지, 계단, 별다른 장식이 없는 로마네스크 양식의 건물이 있다.

　　상단은 완전한 신 비잔틴 양식 건물로 거대한 돔과 줄무늬로 화려하게 꾸며졌다. 측면에는 높이 40여m에 달하는 사각 종루가 하늘높이 솟아 있는데 종탑 꼭대기에는 머리에 관을 쓰고 아기 예수를 안은 11m 높이의 황금색 성모 마리아상이 세워졌다.

3. 스페인 기항지 관광

가우디의 도시이자 스페인 여행의 중심 바로셀로나

　지중해 연안의 항구도시이며, 항만규모와 상공업 활동에 있어서는 에스파냐 제1의 도시이다. 교외지역을 포함한 바로셀로나는 비옥한 해안평야에 펼쳐져 있으며, 천연의 영향과 더불어 에스파냐 최대의 산업도시를 이룬다. 마르세유와 마찬가지로 페니키아의 도시를 기원으로 한다.

독특하고 기괴하게 생긴 바위산에 둘러싸인 곳 몬세랏 수도원

6만여 개의 해저 융기로 이루어진 바위산 중턱에 자리한 수도원으로, 50년경 만들었다고 전해지는 스페인의 성물 "검은 성모 마리아상"이 보관되어 있기로 유명하다. 이 성상을 옮기려 했으나 그러지 못해 11세기경 이 자리에 수도원을 지었다고 전해지며, 현재까지도 많은 순례자들의 발길이 이어지고 있다고 한다.

　　수도원에서 산트 헤로니 봉우리까지 이어지는 하이킹 코스를 비롯하여, 거대한 십자가를 보러 가는 곳곳에 산책로가 조성되어 있어 풍경을 감상하며 여유를 즐기기 좋았다.

　　이 성산엔 부처님도 예수님도 성모 마리아의 형상과 기세가 당당한 장군님 수염 있는 나의 형상도 있었으며, 언제라도 다가설 모습에 괴이한 기운을 품고 있는 바위산은 성스러워 보였다.

크루즈 일정

37년 전 'Challenge to success – 우리 모두는 성공한다'라는 강연에 초대 받았는데 그 강연을 들으면서 인생의 목표와 흔들리지 않는 푯대를 세워 노력을 아끼지 않는 것이었다. 성공의 목표를 머리와 가슴에 새기며 장기적 계획의 하나가 성공자 만이 누릴 수 있다는 꿈같은 여행의 꽃 크루즈 여행이었다.

교육 후 필자는 인생 성공자로서의 여행 크루즈에 관해 희망을 품게 되었다.

성공을 하기 위한 목표 중에 하나가 크루즈 여행을 하기 위함이었는데 갖가지 세풍을 겪은 30년 세월이 지나서야 크루즈 여행을 하기 앞서 환희와 기대에 찬 여행을 스케치 하니 가슴은 점점 커지는 애드벌룬이 되었다.

크루즈 여행의 계획이 37년 만에 이루는 꿈의 현실이 드디어!! 다음과 같이……

5월 13일 서부 지중해 확정 일정표

 # 제 1 일 (5월 13일. 토)

인천 국제공항 15시 3층 출국장에 집결. 인솔자 미팅 후 출국 수속

아부다비 EY857 17:55 인천 국제공항 출발 EY049 22:40 아부다비 국제 공항 도착 경유하여 (저녁) 기내식 몸도 마음도 하늘에 떠있어서 그런지 그저 밋으로 먹는 게 아니라 들뜬 기분을 먹고 있었다.

#제 2 일 (5월 14일. 일)

바로셀로나(스페인) (03:15, 08:15) 아부다비 국제공항 출발 바르셀로나 도착 〉바르셀로나 크루즈 항구로 이동 크루즈 터미널 도착, 크루즈 승선 수속 (선내주요시설 위치안내) 로마 출항 선내 프로그램 이용 & 크루즈 휴식 HOTEL:COST TOSCANA 호(아침)기내식 (점심)선내식 (저녁)선내식 그렇게 기다리던 크루즈를 승선하고 그 속에서 만찬을 즐기니 전 배식구간을 두리번대며 입맛에 맞는 음식을 찾아봐도 맨 빵뿐이었다. 그래도 신나는 식사였다.

#제 3 일 (5월 15일. 월)

전일해상 선내 부대시설 이용 및 다양한 프로그램 이용 (자유시간) −스파, 실내 수영장, 피트니스, 면세점 등 이용

야외 수영장에서 다양한 행사(스포츠 댄스 강습, 요가 강습) 등 참여

호텔: COSTA TOSCANA호 (아침)선내식 (점심)선내식 (저녁)

선내식

제 4 일 (5월 16일. 화)

칼리아리(이탈리아) 07:00 칼리아리 항구 도착[기항지 관광] 08:00 터미널 셔틀버스 탑승 〉전용차량 미팅장소까지 이동. 크루즈를 탄 채 망망대해를 떠있다 보니 색다른 잠자리에서 색다른 감정의 밤을 보내느라 08시 탑승시간이 야속했다. 전용버스 환승 후 칼리아리 구시가지 탐방 *코끼리탑(외관). 두오모 성당(외관).

바스티온 요새 등 관광 12:00 크루즈 귀환, 선내중식 16:00 선내 프로그램 이용 및 휴식 HOTEL:COSTA호 (아침)선내식 (점심)선내식 (저녁)선내식 4일째 되니까 선내가 익숙해져 길이 300미터에 19층을 왕래하며 즐기기 바빠졌다.

제 5 일 (5월 17일. 수)

나폴리(이탈리아) 폼페이

08:00 나폴리 항구 도착[나폴리 기항지 관광] 09:00 하선후, 세계 3대 미항 나폴리항, 누오보 성 등 시내 관광 중식 후 폼페이 이동 폼페이 유적지 관람 후 나폴리 항구 귀환 크루즈 재 승선 19:30 나폴리항 출항

HOTEL:COSTA TOSCANA호 (아침)선내식 (점심)현지식 (저녁)선내식

제 6 일 (5월 18일. 목)

로마(치비타베키아) 08:00 치비타베키아항 도착 (로마 기항지 관광) 09:00 터미널 셔틀버스 탑승 〉전용차량 버스 환승 후 로마 시내로 이동

세계 3대 박물관중 하나인 바티칸 시국 성베드로 성당 & 광장 외관 관람 후 중식

〈로마시내〉 벤츠 투어 : 포로 로마노(외관).판테온,트레비 분수 〉치비타베키아 이동하여 크루즈 재승선 치비타 베키아 항구 출발. 로마에서 생긴일 별도의 일기를 보시기바랍니다. 몇일 간의 식사를 빵으로 대신하다 한식을 접하여 허둥지둥 많이 먹다보니 배탈이나 이동중인 관광버스 뒷 좌석을 화장실로 이용, 잠시 실례를 한 이야기 입니다. HOTEL:COSTA TOSCANA호 (아침) 선내식 (점심)한 식 (저녁)선내식

제 7 일 (5월 19일. 금)

제노바 포르토피노(이탈리아) 08:00 제노바 항구 도착

(로마 기항지 관광) 08:30 하선 후 가이드 미팅 아름다운 유럽 휴양지 해안마을 포르토피노 관광 17:00중식 후 항구로 귀환 크루즈 재승선 18:00 사보나항 출항

HOTEL:COSTA TOSCANA호 (아침)선내식 (점심)현지식 (저녁)선내식

선내식을 마치고 한복을 착용하고 선내를 활보하니 유럽인들

브라보 포토를 청하기도 하고 우리는 연실 코리아를 외치며 한복 자랑 예쁘게 입은 아내들의 옷매무새와 인물자랑 하며 크루즈가 흔들리도록 활보와 춤추며 여행을 만끽한다.

제 8 일 (5월 20일. 토)

마르세유 액상프로방스 마르세유 09:00 마르세유 항구도착 (마르세유 기항지 관광) 09:30 하선후 액상 프로방스 이동 〉폴 세잔의 고향 액상프로방스 관광 마르세유 귀환 중식 후 노트르담 대성당(외관 전경 감상) 구항구 차창관광

17:00크루즈 터미널 이동 재승선 18:00 마르세유 항구출발

HOTEL:COSTA TOSCANA호 (아침)선내식 (점심)중국식 (저 녁)선내식

제 9 일 (5월 21일. 일)

바로셀로나 (스페인) 08:00 바로셀로나 항구도착 09;00 크루 즈 하선 후 근교 몬세랏 이동하여 [몬세랏 기항지] * '톱니모양의 산'이라는 뜻을 지닌 몬세랏 관광 몬세랏 수도원+몬세랏 케이블 카(편도) 탑승 중식 후 [바로셀로나 기항지 관광] 스페인 제 2의 도시 바로셀로나 시내관광 * 카사밀라(차장), 카사바뜨요(차장) * 성 가족 성당(내부관람) 석식후 호텔로 이동 * 호텔 바로셀로 나 내륙 호텔 투숙 * 아침(선내식) 점심(현지식) 저녁(선내식)

제 10 일 (5월 22일. 월)

바로셀로나(스페인) 06:00 도시락 픽업하여 공항으로 이동 10;15분 바로셀로나항 EY050 에티하드항공 약 6시간 25분 소요 18시 40분 아브다비공항 도착 인천행 연결편 환승 22시 15분 아브다비공항 출발 EY856편 에티하드 항공 약 8시간 25분 소요. (아침)도시락 (점심)기내식 (저녁)기내식, 여행에 지친 몸 잠에 빠져 기내식사는 뒷전 밤을 새워 날아온 곳 (5월23일) 인천공항에 내리니 11일 여행이 모두 안전하게 지난 시간이지만 아직도 구름 바다위에 떠있는 느낌이었습니다.

제 11 일 (5월 23일. 화)

오전 11:40분 인천공항 도착 서로의 아쉬운 작별인사

11일간의 동행했던 가족들 그동안 정들어 헤어지기 아쉬운 몇몇의 사람들 또 만남을 약속하며 크루즈 여행 가족이었던 우리는 이렇게 이산의 아쉬움을 뒤로 하며 손을 흔들었다.

人生은 詩

사랑 편

천사의 밤

강가에 별들이 내려 앉아
반짝이는 은하수 강
달빛 두 그림자

누각에 마주한 선남 선녀
강가에 비추고 눈속에 비추니
천사와 나무꾼
달빛에 잠들다

달이 지기 전에 별이 지기 전에
아름다운 성애의 밤
애성이 쏟아진다

장밋빛 인생

행복이 무엇인지 몰라서
보이지 않아서
행복하기를 바라며 보이지 않는
너를 찾아 너무 오래 기다리고
긴 세월을 보냈다.

건강함이 행복이고 할 수 있는 것을
할 수 있다는 것이 행복이요

자연을 느끼고 매일 사랑하는 사람을 볼 수 있다는 것이
행복인 것을 장밋빛 인생을 찾은 것 같다

항상 내 곁에 머물러 있는 행복을 못 보고 있었나 보다
그 행복은 오로지 건강인 것을

사람은 만사불구(萬事不求)는
신무물무(身無物無)요 오직 건강(健康)외(外)라!!

하나된 사랑 1

아! 사랑이여 그대여
가슴터질듯 벅찬 감정
구(尿)가 터질 듯
핏발서 열열한 삽입(挿入)
사랑의 언덕 거센 폭풍이 몰아쳐
두 몸을 휘감는 그림자
형상만 왕래하는 여신
어둠을 타고 내려와
요(繞)를 풀어
예(膕)를 드러내 유혹한
환상속 그는 분신

하얀 잠옷

누런 옷 입고 뒹굴던 당신
주인 기다리며
밟히고 걷어차이던 그대
밤이 되니 하얀 옷 갈아입은
삶은 계란 누구를 기다리나
짭짤한 소금 밭
달콤한 사랑 나눌
그대는 삶의 생을 알리는
삶은 계란

김밥말이 사랑

외모는 딱딱하고 까칠한 사람
품성이 분명한 사람
속은 말랑 말랑하게 꽉찬 사람
색깔이 선명한 사람
삶은 계란 같이 외유내강이
분명하고 어느 요리에 어울리듯
세상 어느 곳에 있어도
손색 없을 그대는
행복 융단에 사랑 말이 함께 할 사람

금란정 사랑

험난한 파도가 넘실대는 동해 바다로
잔잔한 파장이 꿈틀대는 가슴속 꿈을 안고 떠난다
생의 최대 시간을 맞아 영원한 만남이
되어주길 바라는 마음으로……
지난날에 고독의 쓸쓸함을 떨칠 수 있도록
두 마음 하나 되어 홀로 지낸 무게를 내려놓는
역사 시간을 만든다
외로움 녹여낼 꿈같은 기대와 희망으로
혼, 백 나눌 금란정 사랑을 낳는다

억새밭 사랑

억새밭 하얀 홀씨 물결이 장관이다
억새잎 바스락 바스락
다정하게 들려오는 숲의 속삭임
달빛이 야속한 억새밭 뒹구는 소리

해바라기 사랑

하늘 한 번 올려다보지 못 하고
일생을 마치는 해바라기
사랑도 행복도 모르고 살다가
사랑해 주는 님을 만나 올려다볼
행복의 하늘을 만났다
아낌없이 주는 사랑에
님을 햇님으로 올려다보며
끝없는 하늘을 향해 볼 수 있는
나는 행복한 해바라기라 외친다

입맞춤 사랑

처음 대하는 환상의 예쁜 여인을 만났다
노란 색소폰 처녀 그와의 입맞춤은 왜 그리도 서투른지
입술을 꽉 물기도 하고 혀를 내밀었다 반복해도
받아들여지지 않는
그는 괴음 소리를 낼 뿐
아무리 애를 써 봐도 원하는 소리를 낼 수도 들을 수도 없구나
웅장한 소리로 가슴 울리는
테너는 온몸을 다한 그녀와의 사투는 천상에서
가장 아름다운 신음(神音)의 주인공을 허락치 않았다

함박눈 여인

푸른 하늘이 새 하얗게
사뿐사뿐 춤을 추며 고웁게
내린다
함박눈이 엄마 되어
검은 밤 천지를 하얗게
잠을 재운다
한줌 안으니 쁘드득 예쁜 소리 내며
잠을 깨는 함박눈 여인

무지개 사랑

행복한 일곱 빛깔 무지개
서로의 가슴에 떴네
꿈에 부푼 두 마음 잇는
무지개 다리 빨, 주, 노, 초, 파, 남, 보
찬란한 사랑의 다리
사랑님과 나누는 무지개 행복
지나치고 넘칠새라 그저 눈물 흘려요

월궁항아

아!
사랑아 내 사랑아
내게도 사랑이 찾아와
행복한 나날을 즐기게 하는구나

아!
사랑아 너를 만나
한없이 좋구나
하루의 시작도 끝도 사랑이구나
그래서 사랑을 찾고 기다리나 보다

아!
사랑아 내 사랑아
내게만 오래 머물러 다오
사랑아 예쁜 사랑아 꼬집어 확인하고 싶구나

아!
사랑아 무엇과도 바꿀 수 없는 내 사랑아
사랑에 빠져 사랑에 취해

월궁항아*
되어 행복하렴

* 달속에 사는 선녀

하나된 사랑 2

하트 반쪽이 하나 되는 날
꽃비가 내리는 일생에 기쁜날
꽃잎에 입맞춤은 시적인
가슴 설렘의
소녀 사랑이 아니라
평생 활력이 넘치고 행복해
기쁨이 넘쳐 샘솟는 약속
사랑은 변하지 않아도
사람이 변할까 두려워 지는
하나된 사랑

짝사랑

뜰 앞 매화나무 가지에
봄이 와 있음에도
봄을 찾아 헤매였다는 시처럼

진정한 봄을 찾아 헤매인다
꽃들이 만발하는 시절에
목련은 아홉 닢을 겹겹이 벗어 던지고
알몸인데 나비가 날아든다

화사한 봄 맞이 꽃 축제가 한창인데
마음은 님의 축제를 벌인다

포터 샵에 팔짱 낀 모습은 체온이 남아 있어
망초 꽃 보다 아름다운 도화 꽃으로 화생의 기다림은
낙화해도 마음엔 짝사랑만 피어있네

애달픈 감정

그대 보고파 애가 탄다

견뎌 내기 힘든 기다림

잠시 멀리 가고 없는데

시간이 갈수록 마음이 향하여

보고 품이 짙어지는 그님

이것이 그리움인가!

때가 되면 들려주던

당신의 목소리 그리워지는 시간

적적함이 짙어 질 때면

외로움이 깊이 깊이 스며드는

무던히 생각나는 목소리

정답게 불러주던 그 목소리

여보~ 사랑해~

사랑은 내 곁에

이 세상 다 준다 해도
바꿀 수 없는 사람
세월 주고 바꾼 그대
꿈 같이 사라질 것 같아
애태우는 사랑의 감정
하루만 못 봐도 안절부절~

가슴에 핀 야화

황홀경 속 피어나는 야화
하~얀 박꽃
달 밝은 밤이면 아름다운
순박한 야화
향기에 취해 체위에 취해
천상의 야화 품 안에서만 볼 수 있는
아름다운 달의 여신 그대는 야화

사랑이 시작된 하루

새벽 정기 알리는 이른 아침
님의 숨소리 정겹게 들린다
따끈한 차 한 잔은
가슴을 어루만지며 내려가고
그 따뜻함은
네 손길이 어루만지듯 온화하다
오늘도 세상 모두 다 사랑하는
마음으로 삶의 하루를 시작하여
만리장성을 쌓자구나

人生은 詩

크루즈 여행 편

크루즈 선상에서

18층 선상 야외 수영장에 누워
바다와 하늘이 겹친
대해의 하늘을 안는다

하늘이 바다요
바다가 하늘인데
이 몸은 갈매기

구름이 바다에 내려와
파도를 잠재운다
거대한 섬 하나 송두리째 이동
거악의 배 위에 잠든 사이
다른 나라 다른 곳

지중해를 바라보며

검붉은 용암이 흘러내리던
붉은 쇳물은 붉은 사암의 태산이 되기도 하고
흰 백산을 이루며 산야의 절층은 햇빛이 발하는
반사로 신묘함의 성물을 숨 쉬게 한다
살아 꿈틀대는 형상을 유지하고 있구나
대자연의 병풍을 바라보며
산야에 들려 퍼지는 팬 플롯 소리인가
바람 소리인가 청명한 아름다운 여인의 시몽
소리처럼 들리는 성당 종소리는 마리아의 숨소리,
산야를 메아리쳐 바위산을 흔든다.
지중해 3층 하늘은 수평선도 지평선도 하나로 보이고
먹구름만 오가는데 지중해 넘어 더 먼 곳을 응시하며
아프리카 땅을 바라본다.
먹구름 사이로 태양의 빛줄기가 구름을 뚫고
내리 쏟는 빛은 아기 예수 탄생인양 반가워하고
스산한 바람은 축하기원을 알리는 여인의 가냘픈 소망소리,
저 멀리 보이는 산등성 십자가를 맴돈다.

이번 여행의 하이라이트 태초의 빛, 태양의 출산

　한 없이 부풀었던 크루즈 여행을 만져보고 즐겨보고 싶던 10일 간의 여정은 장시간 비행기 시차 간에 시달려 피곤하고 여독이 쌓여 후유증이 여행시작의 추억으로 남는 크루즈 여행 체험의 시작이었다.

　10일간의 문화공간, 생활공간이 크루즈에서 이루어져야 하는 여행 중에 너무 웅장한 장관을 이루는 모습을 보면서 놀라지 않을 수 없었다.

　그 거대하고 육중한, 배라고 표현하기조차 어려운 18만 톤급의 거대한 규모, 아파트 20층 높이 물체가 대수 대해 망망대해에 넘실대는 파도를 잠재우며 미동 없이 떠가는 모습은 크루즈의 위력이었다. 와~ 크긴 크다.

　이 속에 승선해 있다는 실감보다 파도 이상으로 가슴이 울렁대는 흥분은 크루즈를 능가한다.

　승선 후 2, 3일간은 선실 길이가 300미터가 넘고 1층~18층을 오르내리면서 적응하기조차 어려웠다. 심지어는 선실 내 자기 방을 찾는 것도 미로를 찾아 헤매듯 한다.

　이보다 힘든 것은 우리와 다른 음식문화 식생활에 고충이었다.

　주식을 밀가루 음식 빵으로 대신하려니, 역시 우리 것이 좋은 것은 어쩔 수 없는 신토불이 고추장에 쌀밥, 김치였다.

2일째 전일해상을 마치고 바로셀로나(몬세랏) 스페인에서 칼리아리(이탈리아)로 항공기로 이동하는 도중에 기내 창 너머로 발견한 것은 아주 새빨간 선홍색의 불덩이였다. 그것은 암흑세상을 밝히는, **大 光明의 시작, 三元의 으뜸**(삼원 : 해, 달, 별의 빛) 그중에 **태양의 神**, 일출의 시작을 寅時(인시, 오전 3~5시)에 우주 신비의 세계를 목격한 것이다. 그 장면을 표현한다면 **지구가 태양을 출산하는 거장의 장면**이었다. 그 광경을 비행기 내에서 조그마한 창 너머로 볼 수 있었다는 행운은 **평생에 한 번 有一無二한 행운이요** 무한한 **氣**를 받은 **道**와 같았다. 미래의 세상을 정진하는데 영구불변할 장엄한 기운을 받는다.

　이 경이로운 광경은 평생 못 잊을 광경이었다. 감탄을 하며보는 순간, 이번 크루즈 여행의 하이라이트이자 평생에 한번 보기 드문 광명의 시작을 목격하는 순간 이내 몸과 정신이 붉은 태양의 기운이 온몸 속으로 사무치고 있었다.

　하늘 세상은 캄캄한 암흑세상인데 지평선 너머인지 수평선 너머인지 모르는 곳에서 손톱만한 아주 작은 붉은 선홍색이 나타나는 이 광명이 암흑세계를 깨우고 태양이 솟는 시초이며 태초의 빛, 지구가 태양을 출산하는 것 같아 태양의 출산이라 표현하였다. 세상 암흑세계를 밝히고자 치솟아 오르는 모습은 해라고 보기엔 너무나 작고 새빨간 쇳덩이가 동녘 세상에 떨어져 빛을 발하여 태양의 탄생을 알리며 지구를 태우 듯 세상을 밝히는 것만 같았다.

　시간이 지나면서 햇님의 형체를 갖추며 수평선 같은 구름을 뚫고 오르는 광경은 경이로움 자체였다. 이렇게 바다 상공을 건너 구름산을 넘어 항공기는 목적지를 향해 장엄한 일출의 모습을 뒤로 한 채 어둠을 가르고 있다.

더 보아야 하는데 아쉽다……

우리가 육지에서 보는 바다 건너, 산 넘어 해돋이 광경은 일출이 시작된 지 얼마간의 시간이 지난 뒤임을 알았다.

이번 크루즈 여행의 하이라이트는 항공기내에서 본 평생 남을 지구가 낳는 태양의 출산 경이로운 광경이었습니다.

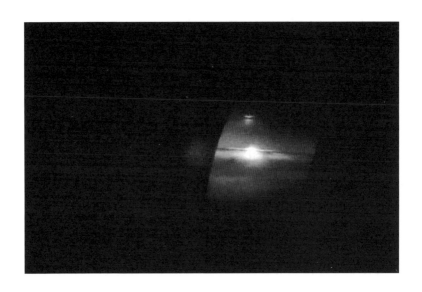

크루즈 여행

내 마음에 정박 돼 있던
크루즈 여행
평안한 바다와 산을 향해
발길를 내 딛는다.

바다는 어머니 같이 반기고
산은 아버지 같이 바라본다.
선상내 오색 카페트 융단을 밟으니
색다른 정취에 정박된 마음 비롱되어 나른다.

가슴을 촉촉히 적시는 만년설 풍경을 넘어
숲속을 지키며 우뚝 솟아 세월를 지켜낸
역사 유물을 보고 어렵살이
자아낸 시간에 고마워 한다.

삶에 희한한 감정을 느끼며
하루밤에 넘어야 하는 협곡은
둘만의 작품 남기는 짜릿함을
이 시간 여행에…… 꿈도 생시도 아닌

무안의 세계, 보이지 않았던 행복의 품속으로

사선을 넘는다, 울컥대는 용솟음에 폭풍의 언덕
행복의 언덕을 넘어, 보라 빛 휘몰아쳐
18만톤급을 흔들어 심신을 온천수로 적시는
크루즈 향수를 가슴에 담는다.

행복여행

간절하고 애절했던 인생 성공의 여행
크루즈가 준 행복의 꽃을 피우기 위해
젊은 지난날 못 다한 행복의 시간들을
회복시키려……
파도의 교향곡 소리를 들으며,
밤을 새워 망망대해를 넘는
돌고래 구애의 파장 소리
황홀경에 안기여 가슴 저렸던
응어리 꽃으로 승화 발복 시키는
행복 사냥을 함으로 크루즈 여행
짙은 밤 심연이 넘치는 향연을
아내에게 드리운다.

벗(朋)

술과 바람 벗이 됐네
혼란스런 마음 치유제 술(酒)

가슴 깊이 상한 마음 씻어
치유하는 바람 친구

그 어느 누구의 어떤 넋두리도
받아주는 벗 술이여

이 밤을 싣고 가버리는 바람
마음 어루만지는 바람도

진정한 벗이 되리!

人生은 詩

그리움 편

순수이성

순수한 생각이 통하는 사람과
사랑을 나누고 싶은 마음
끝도 시작도 없는 연계로
몸도 마음도 하나 되면 좋은 사람

뭉게구름처럼 부푼 심안의 국경을 넘어
필리아 사랑 감정의 소원을 이루는 행복감
새로운 감성의 활력을 자랑하는 만남이
영원하게 지켜가는 필수의 원초적인
의식감각을 견성하는 사람을 기다린다

생일

엄마 없는 하늘아래
고독한 생일을 맞는다
생일이라 고독한가
새삼 외로움이 밀려온다
한잔 술에 그리움을 삼키고
두잔 술에 고독함을 삼키고
석잔 술에 인생을 마신다
이렇게 생일은 61번째
세월을 마시고 있었다

하얀 님

밤을 밝히며 내린 하얀 선녀
소리 없이 사뿐히 내려와
창문 넘어 곱게 잠이 들었다
함박눈 천사 오실 줄 알았으면
팔베개로 맞이할 것을
천사가 벗어 놓고 간 하얀 면사포
햇살에 눈부시게 반짝인다

상상화

강 건너 아름다운 여인
달빛 밟으며
물 위를 걸어와
가슴을 노크하고
수심에 찰랑 대는
저 달님 심화 속 꽃 피워
마음 꽃병에 꽂는다.

백년초

백련화를 보며 한백년
살기를 기원한다
노란 색에 마음을 싣는다
생기 넘치는 백련화 천지인 백세건강
신생 활인초 인명 살려내는
신(身).신(神).신(新).명(明).명(命).명(名)
생, 왕, 복, 래, 희망의 꽃이로다

마음 여행

어디론가 훌쩍 떠나고 싶은 그곳
그곳에 가면 지독하게 밀려
오는 향수 채워 줄 위인 만날까
심신 달래줄 마음의 고향
세월을 뛰어넘어
천근만근 업장 어루만져
하나로 통하여
녹여주는 님의 품 속 어디에
한가히 숨 쉴 멍 때리는 마음 여행

온천

아~
따뜻해~
온천은 어머니 품속
온천은 어머니 뱃속
온천은 잉태의 고향
아~
그리운 잉태의 본향

5월의 향기

아카시아 향기 그윽한 5월
맑고 상쾌한 한낮
화려하고 시원한 옷차림을 서두르고
색안경 넘어 망향의 그리움에 실려
화려한 외출 향기에 취해
아카시아 꽃술에 취해
정신이 5월 향기속으로 여행한다
이 꽃이 지면 밤꽃 향기가 꿀벌을 유혹하겠지

5월의 둥지

저 멀리 들리는 뻐꾹새 소리
저녁노을 타고 맑게 메아리친다.

둥지로 돌아갈 짝을 부르며
가정의 달 평온함 챙긴다

서산으로 지는 해는 마중 나온
노을에 안기여 핑크 빛 품으로 잠든다.

그리운 어머니

목화솜 포근한 밤
눈보라 치는 날
연실 끌어다 덮어 주시는 어머니
솜이불보다 어머니 손길이 따뜻하게
느껴지던 어린 시절이 생각난다

목화솜처럼 그리움이 뭉클 뭉클
부풀어 오른다 찬서리 바람도
어머니 사랑은 넘지 못했나보다

이제 다시는 받을 수 없고
느낄 수 없는 포근한 손길 가슴에 안고 잠을 청한다
애정이 넘치던 그리운 어머니
유난히도 춥던 그 시절을 떠올리며
눈보라 치는 날이면 지금도 솜이불을 덮지요
어머니 온정을 덮으며 그리운 어머니 품속으로 잠이 든다
우리 어머니~~

도취

한 줄 음에 귀가 취하고
한 잔 술에 생각이 취해

천진난만한 화들짝 웃음에
마음이 도취된다

환희로부터 벗어나기 싫은
취함에 향내나는 체위를 더한다

인생 석양에 묻히기 전에
님의 품에 만취되리라!

人生은 詩

기다림 편

공허

공허함 채울 수 없어 공허인가
채우려 하니 욕심이 된다

빈 공간 그 자체가 채움인데
내 마음에 무소유가 채움이요

공허가 채움의 그 실체인 것을……
흐르는 물은 웅덩이를 채워야 흐르듯

비워두면 세월이 흐르다 채우리요
공허한 마음 비워둔 채로 나는 살겠소

연꽃

진흙 속 뿌리내려 화려하고
인자한 자태 드러내
풍성한 마음 다가서게 한다

때로는 수행의 미묘법을 부처님 대신
온화한 마음 평온한 향기품은 당신

꽃차는 깊은 심온세상 안정을 주고
제 몸 향 우려내어 자비의 선덕에

소리 없이 깨달으며
이 마음에 환하게 연꽃이 피어난다

정신

참선 시간이다
수많은 생각이 뇌리를 스치며
몸을 감싸 안는다

무언지 모를 묵직함이 느껴진다
정신을 집중하여 신중하게 마음
다잡으며 촉각을 세운다

정신일도 하사불성으로 신명의 소리를 들으려나
부처님 말씀을 들으려나 참선이 주는 자신만의
다스림은 집중과 소언다행(少言多行)이요
무엇보다 중요한 것은 행함이니라!!

감나무

뜰 안 감나무 매년 푸른 잎 노란 꽃 피워
파란 열매 맺어 풍성한 홍시 곶감
가을을 선물하고

울긋불긋 단풍들어 우수수 떨어지니
마음도 허전해진다
앙상한 가지에 홍시만 남아

까치밥 남겨놓은 홍시 바라보며
어린 손자 할아버지 손 당기며
칭얼댄다

입맞춤 1

이슬비 소리 없이
홋겹을 적시니
촉촉함이 입술에 스며든다
텅빈 거리 팔장낀 연인
후끈 달아오를 입맞춤
쓸쓸함도 초라함도
우산 속에 녹는다

까치소리

오늘 아침은 유난히 울어대는 까치
뜰 안 감나무 서너 마리 앉아 깔락깔락 요란하다

좋은 소식 전하려나 의사소통 못해 시끄럽게 들린다
감나무 이제 꽃을 피워 꿀벌의 잔치인데
홍시 달라 울어대는 것은 아니겠지요

많은 손님 안내하는 착각의 소리
이틀간 궂은비 내려 마음 무거운데
화창한 날씨 기쁜 소식 전하는 깔락깔락

6월 날씨에 그늘 속으로
피신하며 까치 소식 반긴다

나의 도자기

어느새 주름살진 모습
마음씨 곱고 눈부시게 반질대던 젊은 당신
빛과 색이 선명해 평생 고운 도자기로
자태를 유지 할 줄 알았는데

세월이 주름을 가져다준다
고운 살결
고운 마음 평생 간직할
당신은 구김살 없는 나의 도자기

부모의 만류

만남의 시작은 화려함을 전재로
무한한 상상 속에 큰 기대로 시작하여
어디가 끝인지 모르게 무한한 길로 접어든다

공상 속 환상은 머릿속을 유람하며 생각이
깊어질수록 미궁에 빠지기도 하고
인생을 바꾸기도 하는 오솔길

처절하게 만들기도 함을 모른 채
극구 만류 속에 뜬 구름 타고 하늘을 향해
유람하는 자식들 진정한 만남이 되도록
하늘이시여 평생
아프지 않게 안아주오

인생길 장백산

인생길 굽이굽이 돌 듯
어디가 어딘지 모르게 더듬더듬 올라오니
백두산 정상을 밟는다
정상위엔 물만 가득하구나
물속에 하늘이 가득 들어앉았다
물은 잉태의 고향 젖줄 본향이라 하지요
천지(天池)에 도달하니 하늘 위에 하늘이 더 있었다
여기가 하늘 아래 정상인가
생을 마감 전에 천지 정상을 밟아보고 싶었다
천궁, 지궁, 자궁, 용궁이 숨 쉬는 천지에 장백리를 돌아
드넓은 화산의 용궁 천지를 대함에
온 천지 기운 빨아 당겨 삼킬 것만 같은
백두산 천지 그 기운에 내 절로 삼족오가 되어 날아오른다
단장 들고 3보 오체투지하며 도의 신명을 찾아 오르는
수행자를 보며 생각한다
굽이굽이 돌아 정상에 오르니
이것이 인생길이었구나 깨달으며 천행건군이 된다

- 2016 丙申年 六月 白頭山에서

마음이 편한 시간

산을 밟다가 정상에 누우니
호화주택 침대가 여기 있었네
산이 구름 되여 두둥실 안식처가 된다
흰 구름 심신을 엎고
이 산 너머 강 건너 데려다 주오
자연과 숨 쉬며 산 내음 곁에 쉬어가련다
양팔 벌려 하늘을 안으니
내가 땅이 되여 세상을 안는다
푸른 하늘이 내려와 벗이 되면
하늘 속에 안겨 구름이 되련다

어떻게 늙을 것인가!

90을 살 줄 알았더라면 하는 어느 노인의 글이 생각난다
90을 살 줄 알았더라면 해보고 싶은 꿈도 많았는데
그 꿈을 머리에 가둔 채 생각으로만 살다 90살이 되고 보니
지난 시절이 너무 허무하게 지나가 아쉬워하는 것이었습니다
그 글을 보고 90을 살 줄 알았더라면이 아니라
90을 준비하는 아름다운 늙음을 준비하기로 하였습니다
건강하고 멋진 모습으로 평범한 일속에
이름을 남길 아름다운 90을 준비합니다
이것이 남은 인생 어떻게 늙을 것인가의 미래입니다

태양이 깨어나는 아침

바쁜 하루가 시간에 밀려
서산을 넘어 바다에 잠겨
어둠을 맞는다
깜박 잠든 사이 아침이 얼굴을
내밀어 햇님을 만난다

나는 왜
아침이면 어김 없이 찾아오나
오롯이 하나만을 위한 당신
그대는 세상의 태양이기 때문에

허상인 나

채워도 채워도 부족한 마음
욕망을 채우려 평생을 허덕인다

과욕은 채울 수 없는 심신
나를 알지 못한 추상적 삶

허상의 꿈 지혜로움
철이 들어 알게 되니

허상인 나
훨훨 벗어 버린다

올래의 밤

잠 못 이루는 밤
독수공방 외로워 허전함을
이기지 못해 뒤척이는 침대

둘이면 금낭이 들썩이고
눈 감으면 아침이 올까

흐르는 시간이 아쉬워
잠을 청하지 못할 이 밤

곁에 있을 그대를
기다리는 올래의 밤

사랑의 도장

윙크하며 찍는 눈도장
애살스러운 눈웃음
언제나 귀엽고 사랑스런 감정
애정 꽃 피우는 입술도장
둘만의 인감도장
참 사랑 낳는 입술도장 찍어
애정 꽃 피울 그대는 어디 있나요

부평초 행복

행복 바다에 떠 있는
예순의 청춘 부평초
행복 지켜줄 든든한 바위 찾는다
예쁜 사랑섬 키워 낼 큰 사람
장군 바위가 아니어도 좋다
묵묵히 천년 바위 되어
마음섬 지켜주고 뿌리 내릴
등대 바위 만나고 싶은
예순의 부평초

안 밖의 고추

비 맛보고 훌쩍 커진 고추
한층 싱싱해졌다

안방 고추는 시들대져 심난하다
텃밭고추는 매콤하고
안방 고추는 짜릿한데……

텃밭고추
매일 빨간 립스틱
바르고 장가간다

별이 빛나는 밤에

사랑하는 그대에게 편지를 쓴다
서산 넘어 가는 해가 오늘따라 아름답게
한 폭의 수채화로 바다를 물들이니 유독 생각이 납니다
지독하게 보고 싶어 펜을 들고 보니 창문 넘어 들리는
풀벌레 속삭임은 곁에 있을 그대를 생각나게 하고
기러기떼 어디론가 발길을 재촉하는데
내님 기러기는 둥지 찾아 언제 오려나
귀뚜라미가 대신 빨리 오라 손 비빈다
가을이 짙어 가고 형형색색 밤이 깊어 간다
그대와 함께 추억의 아방궁
별이 빛나는 밤에 밀어가 익어 가길 기다린다

부처님을 바라보며

그윽히 내려다만 보시며
묵언으로 가르침을 주시는 당신
천하제일의 평안을 주시기 위해
묵묵히 바라보는 그 눈빛
무언의 사군승부(師君昇傅)가 되신다
늘 미소를 머금고 인자함을 가르치시는
선함은 참신한 도의 세계로 인도한다
천국도 지옥도 이미 와 있다고 말씀하시며
내가 이 세상에 온 것은 그것을 모르는 인간 세상에
가르쳐 주기 위함이라고 하신 말씀이 생각납니다
깨달음의 말씀을 통해 오늘도 세인은 합장을 한다

人生은 詩

감정 편

내 마음

왜 시가 쓰고 싶었을까?
내 마음을 옮기고 싶어서!

왜 그림을 그리고 싶었을까?
내 마음을 그리고 싶어서!

하얀 도화지에 마음을 그리고
속을 드러내는 색은 어떤 색일까?

마음을 예쁘게 채색하고 싶었다
영영 그려 내지 못 할 것 같아

글 속에 속내를 담으려
마음밭 글을 꺼낸다

독래산(獨來山) 1

이른 아침 이슬 차며 산을 오른다
반기는 사람도 동행인도 없어 외로운 외출이다
터널을 횡횡 지나는 차들을 보며 왜 저리 급할까
생각해 보는 동안 산허리를 돌아 중턱에 다다르니
솔향기 반기고 진분홍 진달래가 안아준다

진달래 핑크빛이 유혹하고 짙은 향 내뿜어 산 내음과
맑은 공기가 님이 되어 반기고 있음을 모른 채 혼자라고
투덜대며 오른 산에게 괜스레 미안한 마음이 든다

정상에 다다르니 마을이 발아래 보이고 사방으로
쭉 뻗은 도로 위를 질주하는 차량이 무섭게 느껴진다
발아래 터널을 달리는 바쁜 사람들 바라보며
자연 속에서 잠시 쉬어가라 마음을 보낸다

산을 오르니 혼자가 아님을 보여주는 얼굴들 쪼빗쪼빗
솟아 나오고 있는 새싹들이 나에게 어서오라 살랑대는
봄 바람에 고사리 손 흔들며 반긴다

5월이 오면 무성하게 자라 하늘을 덮고 이 마음에도
초록 옷 입혀주겠지 그리고 가을이 오면 예쁘게 물들어주겠지
이렇게 사랑 잎 되어 반기는 자연의 향기와 벗이 되어
외롭지 않게 독래산 하였다

입맞춤 2

눈길 유혹하는 빨간 장미
온 몸 적신 이슬이
한층 싱그러워
탐스러운 덩굴 손
팔짱 낀 연인
살랑대는 바람에
덩실대다 입맞춤한다

달의 여신

정열이 가득한 침실
나뭇가지 사이로 기웃기웃
창문 넘어 스며드는 달빛
침상에 여신을 비추니
둥근 달이 가슴에 떴네
중천에 뜬 달님
환상의 이불 되어
몸을 가린다

서낭바위

바람이 불어와
눈보라 칠 때면
서로 의지하며
세월을 지켜낸 가냘픈 노송
당신은 세찬 동해바다
지켜주는 터줏대감
묵묵히 그 자리 서 있는
강인한 생명력에
탄성을 보낸다

– 강원도 고성 서낭바위를 보면서

장미여인

싱그러운 처녀가
이슬 샤워 하였네
햇살 받아 화사하게
영롱한 유혹의 꽃망울
담장 넘어 기웃대는 사람들께
빨간 입술 내밀며 미소 짓는다

봄의 향기

자연을 변하게 하는 4월
생기 돋아 청산 될 무렵
마음은 산을 이루고
봄 향기 따라 집을 나선다
내 길 찾아 가고 싶은 곳
아지랑이 따라 걷는다
언덕 넘어 양지 바른 내 마음에
봄의 새싹 심는다

가을 구름

푸른 하늘 바다 되고
구름은 조각배 되어
두둥실 내 마음 싣고 여행하다
여행 구름 바람에 흩어져
안개비 되어 내게로 온다

해와 달님

해와 달은 만나지 못해
늘 그리워하는 한 쌍
한 번도 만난 적 없이 짝꿍 되어
영원히 변함없는 환상의 콤비
낮에는 해가 밤에는 달이
온 세상 비추며
무언에 우정 나누는 관계
햇님과 달님 같이 변함없는
마음으로 우정 나누는
그대와 나 해와 달님 같은 짝꿍 되자

텅 빈 버스

일요일 첫차 텅 빈 채 달린다
한산한 거리 간간히 등산 객
인파가 보인다

가뭄과 초여름 기온이
기승을 부리는 날씨다

들녘엔 모내기가 한창이고
아카시아 향기 산으로
들로 유혹한다

버스 혼자 드라이브 해도
방심 할 수 없는 안전은
휴일도 일요일도 없다

추억의 꽃

하늘을 환하게 수놓은 꽃이 진다
거리를 환하게 수놓은 꽃길이 핀다
하얀 꽃날림 머리 위에
물들어간 봄날이 진다
화창한 봄날 피어난 애정의 꽃
가슴에 남아 추억의 꽃으로 영원하리

신선 풍운아

두둥실 홀로 가는
흰 구름아 가는 곳 어디메뇨
떠도는 풍운아 동행하여 높은 산
허리 감아 운산 이루니
새들이 노래하며 춤 추는
조(鳥), 무(舞), 락(樂), 골 풍수경관에
내려 앉아 풍월 한 수 읊고 가세

얄미운 태풍

넘실대던 가을 평야
강한 비바람에 쓰러진
황금 들녘 얄궂은 태풍 비에
찢겨 몸부림친다
수확을 앞둔 안타까운 주인
허수아비 되어 한숨짓는다

도인 마음

함께 하고픈 사람들
글로 넉넉함을 나누어
즐거움이 더 하는 시산
만나면 마음 열어 편안함 주는
시산인(詩山人)
언제나 풍요로운 지식인
시인이 따로 있나
도인이 따로 있나
시의 구절구절이 道요,
시와 산이 도를 이루니
일필척 일필지가
도의 말씀 경이로다

주고 싶은 마음

잔잔한 가슴에 사랑 파도가 일렁인다

사랑 파도 가슴에 해일를 안고

가슴 속 깊이 묻어 간직 했던 갈망의 사랑

바다를 삼킬 큰 가슴 행복이

상상에 파도를 타고

가슴으로 노를 젓는다

옥신 각심의 마음이 일렁인다

참으려 애를 써도 끝이 없는 망망대해 사랑이

블랙홀로 변하여 심장을 뚫는다

참아내기 힘든 충동이다

잔잔하던 가슴에 폭풍우 사랑이 후려치니

까닭 모를 울렁댐은 그대를 향해

야릇한 마음의 화살을 던진다

창밖의 4계절

직무실 너머로 수원성이 보이는 공원
사물들이 시선을 빼앗아 간다.

안개 덮은 공원 잠에서 깨어난 오후
2, 3, 5 짝을 지어 산책을 즐기고 있다
허리 어깨 형형색색 옷을 걸치고 양산 받쳐 든 사람
반팔 차림이 스산하게 보인다

계절은 어느새 황금색 가을을
초록색 융단으로 바꾸고 있었다
하루 전에 보이지 않던 개나리 진달래 아이들 같이 뛰어다니고
아장 거리는 천진난만한 아이는 비둘기가 놀아 준다

봄은 이렇게 슬며시 왔다 가고
여름에는 팔각정이 시내 전경을 안내하며 반기고
가을에는 키 큰 백색 물결 수염을 자랑하며 억새밭이 반기고
겨울에는 성곽에 흰 베레모 쓴 철쭉 아가씨 반긴다.

바람에 밀려 구름에 실려 온 봄 향기 가득 안고

우리 곁에 찾아오는 대 자연의 4계절
누구와의 손가락 걸은 맹세일까?

또 한 번의 인생 봄이 지나고 있을 때
나는 생각 한다
나와의 약속을 지키겠노라고!!

마음 밖에 있는 그대

제각기 자생한 꽃처럼
울긋불긋 등산로 물들이는 사람들

단풍이 만발하여 불타는 산
동행의 추억을 만들어 가며

만연의 사랑을 물들이기 위해
동행하는 사람

산야가 물드는 지금
가슴에 물들이는 사랑의 단풍

그대 가슴 깊이 물들어 가는
님의 침묵 속 색은……

人生은 詩

아쉬움 편

단풍

오색찬란하게 물든 단풍은 오래도록
푸르름으로 있고 싶었다
멍든 잎으로 변해가니 서글퍼 한다
명산대천 물들이다 계곡은 마르고
드러낸 속 내음
단풍구경 나온 사람들 발자국 소리에
알몸 드러난 조약돌
부끄러워
바위 곁으로
몸을 감춘다

약속

보드럽던 첫 키스
천만년 살 것처럼
사랑을 약속하고
세월의 흐름을 함께 하자던
그 약속은
사랑도 약속도 뒷걸음쳐
천만년 달콤함을 잊은 채
침묵 속으로 사라진다

육신

금이야 옥이야 자란 몸
어느새 녹슬어 통증뿐이네
고달픈 삶을 원망하랴!
빠르게 지난 세월이
야속한 뒤안길
되돌리지 못함이
늙음 속에 청춘을 찾는다

독래산 2

5월 22일 한 달 만에 독래산 한다
4월과는 다른 모습이다
어느새 시야가 10m 안 밖이다
4월에 보았던 고사리 잎은 부채 손
되어 푸르름을 자랑한다
숨이 거칠어지고 심장이 헐떡인다
무릎은 코를 차고 다리는 풀려
앉을 곳만 두리번거린다
근력이 풀렸다기보다 게으름의 결과다
체력을 정상으로 회복하려면
일주일에 한번은 근력강화를 위한 산행
노화예방을 위해서라도 독래산(獨來山)
하겠다고 다짐 한다

천변만화

세상이 어지럽다
만고 석숭 세인들이
모두 미치광이 되어
음, 양이 바뀌고 주객이 바뀌어
날뛰니 천지 지세 만불세
한풀이 어찌하리
어느 누가 하리

농부와 잡초

쌀쌀함이 피부에 닿는 아침
동창 밝아 몸을 일으켜
호미 들고 하루를 시작한다
텃밭잡초 이슬털며
뽑아내며 미워해도
소용없는 풀들
농부와 끈질긴 사투를 벌이지만
생명력 강한 잡초 말한다
밭에 있으니 잡초요
약방에 있으면 약초인 것을……

고추잠자리

여름 끝자락 매미
삼복더위 살다가는
짧은 삶의 슬픈 하소연
구성지게 울어대며
가을을 불러온다

고추잠자리 먼저 와
고추 멍석 위 맴돌며
가을이 왔음을 알리고
매미 잘 가라 가냘픈
날갯짓 부채질 한다

지금만 같아라

경관이 좋아 발길 머물고
마음을 잡아 놓는 이 곳
무엇을 더 내노라 할까요?
오래 머물고 싶은데
시간이 부서지고 있음이
아쉬울 뿐입니다.

몸부림치는 가을

푸른 계절이 가기도 전에
색동 계절은 기다렸다
아름다운 색으로 산야를 바꾸는데
진홍빛 붉게 타오르기도 전에
얄궂은 비바람 겨울을 서두른다
겨울잠 준비로 내려놓은 잎새들
아쉬워 몸부림 치다
떨어진 단풍 카펫 되어
연인 발자국 둘레길에 가을을 물들인다

人生은 詩

기타 편

유럽 여행 중 일기

　오늘도 새로운 의복으로 바꿔 입고 하루의 사진 속 주인공이 되려고 다른 모습으로 단장을 하고 배고픔을 달래기 위해 의무적인 식사를 하러 뷔페식당으로 발길을 돌리지만 즐겁거나 반가움은 크지 못하다. 입에 맞는 식사로 맛나고 배부르게 먹을 식사 제공이 아닌 유럽풍 식사를 해야 하니 그렇다. 평소 냉열성 식품으로 밀가루 빵을 기피하던 식습관이 이번 여행의 고난이 될 줄이야. 그래도 색다른 곳으로 이동한다는 생각에 약소하게 먹고 나서야 했다. 다른 사람들은 어지간히 먹어대지만······.

　가이드는 물 챙겨라, 색안경 챙겨라, 양산 챙겨라, 가방은 앞으로 메야 한다, 이번 기항지는 유독 쓰리꾼 날치기가 심하고 심지어는 끼고 있는 링 귀걸이를 채가니 조심해라, 마피아가 극성인 곳이다… 하니 어느새 여행객은 누가 시키기도 전에 귀걸이를 해체하고 있었다.

　이런 주의사항이 끝으로 일사불란하게 가족 챙겨 쌍쌍이 발길을 재촉한다.

　기항지에 가면서 이동도중 부족한 수면을 취할까했는데 가이드는 열심히 설명을 하느라 귀 쉴 틈을 주지 않는다.

　이 몸은 기행문을 준비하느라 귀를 쫑긋 세우고 한 가지라도 놓

칠까 열심히 속기로 받아 적다가 힘이 드는지 펜을 내동댕이친다. 내가 해외연수 유럽역사 탐방공부 하러왔나 여행을 왔나 심통이 난다…. 그래도 해야지 기행문 출판을 생각하며 칭송을 기대하니 다시 가이드 뒤에 붙어 귀를 세운다.

기항지까지 오는 도중에 이색적인 유럽의 가로수를 보고 지혜로움을 또 한 번 배웠다. 가로수가 소나무였는데 모두 우산형 소나무였다. 소나무 조경을 우산처럼 해 놓은 것이었다. 그 이유는 군인들 이동 할 때 햇볕을 피해 지치지 않고 빠른 이동을 하기 위해서라고 한다. 배려인지 지혜인지 발상이 가상했다. 그리고 고속도로도 곡선을 수직으로 펴 직선으로 하여 지름길로 설계 돼 있었다.

우산 소나무 이야기가 빠진 게 있다. 소나무 수령은 약 50~100년이 넘어 보였고 우리가 이야기 하는 노송 같이 보였으나 젊어보였다.

유럽풍 소나무는 우산형, 우리네 소나무는 관상용 대조적인 모습과 생각에 다른 생각을 하는 동안 하차하여 관광지 현지 가이드를 만나 설명을 듣는데 스페인어, 이탈리아어 알아듣지 못하는 말에 그저 고개만 끄덕이며 주변 경관에 반해 찬사를 하품하듯보낸다.

이렇게 분주한 시간을 보내고 거대한 크루즈 토스카나호 10일간 전세 낸 우리 집으로 귀가 하면 후다닥 치밀한 행동이 바쁘다. 식사 후 짜여진 일진 프로그램에 동참하여 유럽댄스도 배워야 하고 극장 노래연습 고고장 빠에 가서 술 한 잔 수영장에서 피로도

풀어야하고 18층 여기저기 다양한 층을 오르내리면서 즐기기 바쁜데 한복정장을 하고 크루즈 실내를 순회하니 여러분들이 기념 사진을 원하기도 했다. 한복이 예뻐서인지 신비해서 인지 아무튼 그곳에서도 한복을 알리는 애국을 한 셈이다.

그리고 크루즈는 야행성이었다. 낮에는 조용한 분위기였으나 밤이 되면 명동거리, 로데오거리, 먹자거리, 빠의 거리로 바뀐다.

이렇게 즐기는 흔적을 남기고 추억을 저장해야 하니 휴대폰을 포켓에 넣을 시간이 없다. 이렇게 즐기는 사이 예정했던 10일간의 여행을 뇌리에 저장하고 폰카에 저장하여 지난 시간들을 손에 들고 와야 했다.

2023년 5월 24일

슬픈 정원사 이야기

천년을 살다가는
소나무 한 그루 심어 놓고
이리 저리 이렇게 저렇게
모양내느라 휘어감아 놓기고 하고
어떤 모양내려고 그랬는지……
정원수만 귀찮게 하다가
저 세상 먼저 가는 건 아닌지
제 멋대로 동서남북 뻗어
잘 자라게 둘 걸 잘라 버리고
비틀어 놓기도 했지만 가꾸고 싶은 대로
완성 못 하고 못 다 키운 정원수
세월 따라 가는 인생 제 허리 먼저
굽어버린 정원사 결국 나무아래 잠들다.

사진

10년 주기로 사진을 찍어 보라는 말이 있다
사진 속에 지난 세월이 있고 애환이 있어
살아온 흔적이 있어서인 것 같다
때 묻은 사진을 보며 많은 생각 추억을 가득 담은
사진 속에 과거를 회상하며 또 다른 계획 각오와 미래의
설계로 나를 바꿔 왔다
내가 나를 보며 많은 것을 느끼고
변해가는 모습을 알 수 있었다
지난 세월의 희로애락을 함께한 사진
10대 빡빡머리에서부터 학창시절 무술의 동영상 직장생활
사업의 건설현장 자연인의 수행 생활에 60대 하얀 수염에
이르기까지 변화하고 성장해온 지난 세월을 말해주고
사진 속 모습은 숱한 허물을 벗은 채 변해있었다
변해있는 모습은 젊음과 늙어가는 모습이 아니라
변한 것을 보며 정신적으로 인생 성장의 앞, 뒤를
재발견하는 것이었다.
사진 속 나를 보면 잠재해 있는 새로운 나
진정한 나를 발견 할 수 있다,
그러므로 나는 생각 한다

남은 인생

어떻게 늙을 것인가가 아니라

무엇을 남길 것인가에 대하여

내가 시인이었다면

태어나 처음 보고 처음 느끼는
아름다운 곳에서 이 경이로운 것에 대하여
짧은 글 긴~ 여운 남기고 싶은
간절한 마음 예쁜 사진 같이
표현하고 간직하고 싶은데
마음과 눈에 담아 갈 수밖에 없는
현실이 너무 아쉽다
시적 감각이 부족해
감정 총 동원하여 표현함이 고작
아!
아름다움이여~ 이~ 아름다움을⋯⋯

첫 세대와 마지막 세대

이제는 우리 세대를
일컬어 컴맹 폰맹의
마지막 세대

검정 고무신에 책보따리
어깨에 메고 뛰고 놀던
마지막 세대

굶주림이란 질병을 아는 마지막 세대
힘든 보릿고개의 마지막 세대
부모님을 모시는 마지막 세대
성묘를 다니는 마지막 세대
제사를 모시는 마지막 세대

삼강오륜 주자십회훈을 배우고
실천하려고 노력하던 마지막 세대
자녀들로부터 독립만세를 불러야 하는
서글픈 첫 세대

좌우지간에 우린 귀신이 된 후에도 알아서
챙겨 먹어야 하는 "첫 세대"가 될 것 같내요~~
울어야 할지 그리고 웃어야 할지~
세상이 사람을 변하게 하는지 사람이 세상을 바꿔 가는 건지?
우리 모두! 알아서 악착 같이 건강하고
즐겁게 살다 가도록 노력합시다.

- j. kim 글 중에서

장대비가 육신을 정화시킨다

긴 장대비에 몸을 맡긴다.

장대비 수련이다.

(방법)

가벼운 옷차림으로 평지 또는 평상에 앉아 참선 자세로 손을 합장하고 호흡은 평상시와 같이 하며 상체(척추)를 곧게 세워야 한다.

처음 비를 맞으면 차가운 느낌에 오래 앉아 있기 어려우니 약간의 운동으로 몸을 덥힌 후 하면 좋다.

장대비를 맞으면 욕탕에서 폭포수를 맞는 느낌으로 생각하고 계속 앉아 참선을 하는데 마음은 의념이 중요하다.

의념은 생각한다는 뜻입니다.

각 장부에 생기회복을 생각하는 것입니다.

오장육부의 기운을 돌리는 선천수의 수행이므로 (1. 6. 수), (2. 7. 화), (3. 8. 목), (4. 9. 금), (5. 10. 토) 이와 같은 순서로 오장육부에 기운을 순환시키는 순서에 임하는 물 수련 즉 장대비 수련을 하는 것입니다.

위 숫자를 설명 하면 1~6분 참는 선을 하면 (신장, 방광)에 기운을 돌리고 2~7분을 참고 선을 하면 (심장, 소장)에 기운을 돌리고, 3~8분을 참고 선을 하면 (간장, 쓸개)에 기운을 돌리고, 4~9분을 참고 선을 하면 (폐장, 대장)에 기운을 돌리고, 5~10분을 참고 선을 하면 (비장, 위장)에 기운을 돌린다는 뜻입니다.

비는(水氣) 우주 대 자연의 큰 힘을 내포하고 있어 장대비(水) 수행은 각자 몸 속에 있는 질병 퇴치를 위한 것입니다.

비(雨)라는 한자를 살펴보면 다음과 같다.

비 우(雨), 눈 설(雪), 번개 전(電), 우레 뢰(雷), 이슬 로(露), 서리 상(霜), 구름 운(雲), 안개 부(栗)

우주의 기운이 돌고 1년 12달 우주 대 자연의 변화를 알리는 글자들입니다.

그런데 중요한 것은 비 바람 없이는 순행하지 않는다는 것입니다.

우주 대 자연의 기운을 받기 위하여 장대비 참선 수련을 하여 우주 삼라만상의 기운을 체내로 흡수토록 하여 여덟 글자가 서로를 돕고 상생(相生)을 이루는 이치이기에 자연의 기를 받는 수련을 매년 장대비를 맞으며 하고있는 것입니다.

장대비는 장마 첫날부터 오는 경우는 없으며 공해독이 씻겨내린 3일 후 시작하면 좋다.

장대비 연주

오케스트라 합주곡이 쏟아진다
색소폰 소리 리듬에 맞추어 흐르고

흥얼거리는 동안 물방울은
시 한 구절 읊으며 굴러 간다

함석 지붕 위 장대비
바이올린 소리
지휘자는 바람

통에 떨어지는 낙숫물
통통튀는 큰 북소리!!

툇마루 피서지

푹푹 찌는 떡시루 날씨
물로 산으로 유혹한다
어디로 가나 고민 중에
안마당 물 한 바가지
등목 샤워

시원한 안마당 피서
수박에 목 축이고
찜닭에 보신하는
툇마루

좌악 물 바가지에
무더위 가신다
여름이 깨진다

나만의 힐링 전당
툇마루 피서지

그 시절 비가 내리면

　그 당시 국민학교라 했었지 초등학교 시절 어린애가 할 일이 너무 많았던 것 같다.

　학교 갔다 돌아오면 소 먹을 풀 깎아 오고 소죽 끓여 일하고 들어오는 소 밥 퍼주고 비오는 날에는 간장독, 고추장독 뚜껑 덮고 빨래 걷고 멍석 덮어 비설거지 한다.

　과거에는 농촌 대가집에 장독대는 왜 그리도 컸는지 키가 작아서 였을까 유독 컸었다.

　비오는 날 부모님은 멀리 일터에 가시고 학교에서 뛰어와 비설거지하고 가니 선생님 야단치며 공부하는 시간에 어디 갔다 오냐고 야단치신다.

　말 못하고 있으니 교무실로 불려가 손바닥 맞고 나오는 게 나뿐만이 아니었다. 그런데 어느 날 선생님이 미안하다고 사과하신다. 내가 몰라서 그랬단다. 교무실에서 선생님들끼리 농촌실정을 이야기해서 알게 되신 것 같았다.

　농촌에는 어린 학생들도 농번기 휴가를 할 때였었는데 부모님 일을 스스로 돕는다는 실정을 알게 되신 것이다.

　도시에서 자라 학교를 다닌 선생님의 어린 생활과는 아주 다른 농촌 환경을 접하면서 학생들을 이해해 주기 시작하였다.

비가 오면 지금도 두리번거리며 무언가 비에 젖는 게 없나 비설거지에 신경을 쓴다. 요즘에는 비가 오나 눈이 오나 설거지 할 게 없어 편해진 것 같지만 게으름이 아닌지?

바쁘게 살면서도 무난히 생활해 냈던 지난날을 생각하면 부지런히 몸을 움직였던 것 같다.

지금도 비가 온다.

주마등처럼 스쳐가는 지난 회상을 하다 보니 어느새 머리가 희끗희끗 변해가고 인생 훈장 주름살이 늘어가는 데 비설거지 대신 머리 설거지 하며 글을 쓴다.

人生은 詩

　한 세상 살다보면 이런 일 저런 일 겪으며 살아가는 걸 팔자라
하지요
　우리 태극기가 인생의 표본이 되어주고 있지요.
　태극 문양은 고개 넘어 고개 높고 낮음 4괘를 보면 막히기도 하고
풀리기도 하는데 아등바등 애써 흐르는 세월을 역류하려 하는가

　팔자처럼 살다보면 인생은 물이요 세월이니 글이라!!
　어떠한 일을 하든 살다가 실패와 성공을 겪어야 한다면, 흐르는
물은 웅덩이를 채우지 않고는 흐를 수 없듯이 세상의 이치를 순
응해야 함이 현명한 판단이라 생각한다. 그렇지 않으면 더 큰 재
앙을 겪어야 하니 그 도리를 어찌 외면하리오.

　우리네 인생 일백년을 살면서 험난한 세파보다 순풍에 몸과 마
음을 싣고 안위 안심의 백년을 살아가고 싶은 게 세인들의 바램
이지요.

　돌이켜보면 인생은 사람답게 살아본 사람만이 인생을 알리요
　안다고 알링턴 할 수 없는 것을…
　아~ 인생은 그래서 소풍처럼 살라고 했나보오

인생은 사람답게 살아본 사람만이 후회도 남기는 법이요

인생의 명장은 나를 알게 그 존재를 알리는 장자방이 돼 주는 사람이요

인생은 신명같이 정신과 도를 지키는 이치와 사명에 있는 것이요

언뜻 스치는 생각 길에서 주운 지혜처럼 문득 스치는 게 인생이요

인생은 마음이요 마음은 몸이요 몸은 정신과 행함이요 행함은 수족이라!!

인생의 무게는 시간이 가고 나이를 먹는 만큼 세월의 무게를 느끼게 하죠.

생을 살아갈수록 인생살이 어렵다고 하지만 인생은 돌고 도는 지구와 우주의 톱니바퀴 틀 안에 있을 뿐 순행의 원리에 순응하는 것이 지금까지 살아온 내 인생의 지혜 {人生은 詩}라 했다.

지친 노후

　더위와 일에 지쳐 힘든 한숨을 쉰다.

　이럴 때면 휴 하시며 숨푼질 하기 조차 힘들어 하시던 어머니가 생각난다. 얼마나 힘들고 지쳤으면 축 처진 몸 기력을 다한 채 부르나니 어머니요 찾는 것이 냉수라 하였을까.

　한평생 살다보면 예견치 못한 일로 인생무상 허상임을 실감하게 하지요. 존재와 시간에 매여 활기 향락의 실존보다 이상의 실상을 찾아 허덕이다 보니 어느새 고희연이라.

　그 길 찾아가는 무상함의 길이 얼마나 길고 험한 여정이었으면 종아리를 걷고 보니 정강이는 칼등같이 날이 서고 허리는 활대같이 휘었을까?

　내 존재 자체를 잠정적으로 암시하는 나를 의식하며 끊임없이 내 정신 개진을 위해 어머니를 생각한다.

　지금 내 존재와 지난 시간 여행을 하려 한다. 힘들고 궁핍했던 사연을 인생의 존재양태에서 더 이상 비본래적인 일상의 존재방식을 취하지 않겠다는 실존의 생기 근본성격을 앞세워 지난 역사에 묻고 이 글을 통해 두 한계인 생과 죽음이 비현재적이었음을 일깨워준 지난날의 삶처럼 절박했음을 알고 증시하며 선구적 일념으로 인생길 향해 오늘도 역시 건강이 만사의 근본임을 실감하며 허리를 세워 남은 여생 희망 속으로 걸어간다.

백두산 천지(白頭山 天池)

　정상에 오르니 백두산 아래 백두대간이 펼쳐 보이는 정상이다
　모든 산이 봉우리만 보이니 평지 산이로다
　신하가 임금을 향해 상제할 때처럼 등만 보이는 듯
　백두산에서 굽어보니 봉우리가 산 바다 형상이요
　그 위를 운해가 다리를 놓아 두둥실 나를 이곳에 옮겨놓았구나
　아~! 오천만의 아리랑 용천수(湧泉水) 발원지 근원이 여기 있
어 장관인데
　말로 표현 못 해 무~ 라 하던가
　언어도단이라 했나 두산 세인은 말합니다
　백두산 삼천리 금수강산에 오니 이도세상에 내려앉아 굽어보
는 환희를 느낀다
　백두산 기운 삼천리를 뻗어 솟구친 장관을 보며 시경을 읊는다
　천지 만경 지상이요!
　천지 만고 강산이요!
　천지 만고 불멸이요!
　천지 만고 불변이요!
　천지 만고 상청이라!
　천지 음, 양 조화 무궁 신명 천지를 우리나라가 보유하지 못한
이 한(恨)이로다!!

삼천리 금수강산 이루는 용천지(湧泉池)를 보니 각, 항, 저, 방, 심, 미, 기…… 28수 신비, 신명, 묘법이 생각난다.

천지간의 우주 만법 중에 28수를 7로 나누어 4절기 봄, 여름, 가을, 겨울을 나타낸 선천수 별자리가 백두산 천지(天池)에 있음의 기운을 받는다

이와 같은 대도가 백두산 천지에 성신을 이룬 지상의 모궁(母宮)

천지(天地)간의 기백이 살아 숨쉬고 있는 곳

누구나 오르고 아무나 갈 수 있는 신령한 천지는 간다고 모두 다 볼 수 있게 내어주지 않는 천지를 마주 한다.

꿈에 그리던 백두산 천지 구름 한 점 없이 반긴다

천지로 날아들고 싶은 충동이 가득하다

천지신명과 접신하는 천주(天酒)를 올리고

경천애인 천자 청정 도량에서

하늘을 향한 천지기운(天地氣運) 한 없이 품으며 국태민안의 안녕을 기원한다.

정통무예 정도술 천부경

    한국의 전통무예 중에 정통무예 정도술을 역사 100년 만에 〈대도의 정통무예 정도술〉 문헌을 출판하여 52자로 요약하여 두산 양재웅 선생(본명 양재우 선생)이 2019년 최초로 출판하였다. 천부경 81자 처럼 정도술 전체를 52자로 압축하여 천부경으로 서언한 것이다.

    ★정도술 건태무★

    正道術 乾太武 (정도술 건태무)
    정도술 하늘에서 내린 큰 무예

    胎動 胎生 宗主武要 (태동 태생 종주무요)
    무술시작의 근본을 낳고 거느린 주인이요

    㚰月 母體 根本 元形 有 武術이라
    (지월 모체 근본 원형 유 무술이라)
    어머니 모체로부터 형체가 있는 근본 무술이라

    宇宙一元 乾下 太初武 (우주일원건하태초무)
    우주근본 원리로 하늘에서 내린 최초 큰무

一體健康 心身 護神武 (일체건강 심신호신무)
내 몸 건강 마음 정신 지켜주는 무

天地人 萬空 心天之 武라!! (천지인 만공 심천지 무라!!)
지구상 모든 사람의 마음이 하늘에 이르는 무라!!

양재웅 시집

인생은 시

크루즈 기행문과 함께

발행일   2023년 10월 6일

지은이   양재웅
펴낸이   안혜숙
디자인   임정호

펴낸곳   문학의식사
등록   1992년 8월 8일
등록번호   785-03-01116
주소   인천광역시 강화군 강화읍 남문로 11 숭조회관 201호
        서울 중구 수표로6길 25 501호(서울 사무소)
전화   032.933.3696
이메일   hwaseo582@hanmail.net

값 10,000 원
ISBN 979-11-90121-51-4